지구를 흔든 남자

강신기 지음

지구를 흔든 남자

강신기 지음

절망하는 세상의 모든 이들에게 희망을

저녁의 귀가 시간은 언제 보아도 정겹다. 사람들은 삼삼오오 모여 어깨를 움츠린 채 지하철 입구로, 버스 정류장으로 몰려든다. 거리의 가게들은 환하게 불을 밝힌 채 손님들을 유혹한다. 따지고 보면 겨울만큼 불빛이 따스하게 느껴지는 계절도 없다. 길에는 더운 김을 뿜으며 오뎅 국물이 끓고, 삼겹살집 안에서는 떠들썩하게 술판이 벌어지기도 한다.

네온 가득한 저녁의 거리를 내려다보며 나는 문득 생각에 잠긴다. 돌아갈 집이 있다는 것이 얼마나 행복한 일인가. 돌아가면 자신을 반겨줄 가족이 존재한다는 사실이, 언 몸을 뉘일 훈훈한 집이 있다는 사실이 얼마나 사치스러운 일인가. 어쩌면 사람들은 모두 잊고 있는지도 모른다. 눈에 보이는 이 풍경이 우리가 알고 있는 풍경의 진실이 아닐 진데 말이다.

한바탕 귀가 시간이 지나도 돌아가지 못하고 거리에 남는 사람들이 있다. 바로 도시를 떠도는 노숙자들이다. 노숙자들에게 겨울은 그 무엇도 기약할 수 없는 고통의 계절이다. 그들에게 유일한 바람이 있다면 손바닥만한 가을햇살이 좀더 오래 머물기를 고대하는 일이다 날씨가 맑은 날, 햇살은 도시의 구석구석을 비추고 지나가지만 음지에 웅크린 사람들을 모두 데워주진 못한다. 햇살이 닿지 않는 곳에서 얼마나 많은 사람들이 뒹굴며 신음하고 있는가. 혹은 삶의 의지를 잃고 고통 속에 하루하루 시들어 가는가.

나 역시 한때는 그들 속에 섞여 있었다. 저녁이면 누울 곳을 찾아 이곳저곳 기웃거렸고 허기진 배를 달래기 위해 필사적으로 무료 급식 장소를 찾아다녔다. 하루에도 몇 번씩 삶과 죽음의 순간이 교차했다. 밤이면 뼛속까지 사무치는 찬바람에 몸을 덜덜 떨었고, 음식을 제때 먹지 못해 늘 허기에 시달렸다.

삶의 밑바닥을 치기 위해 스스로 걸어 내려간 노숙자 생활이었다. 밑으로 추락하는 인간에게는 아무런 희망이 없다. 그가 종국에 닿는 곳은 차가운 바닥이기 때문이다. 하지만 바닥에 떨어진 인간은 어떠한가? 바닥을 딛고 이제부터 위로 올라갈 수 있다는 희망이 있다. 내게 있어 노숙자 생활이 그랬다. 그해 겨울, 힘겨웠던 노숙 생활은 내가 딛고 힘차게 비상해야 할 마지막 바닥이자, 또한 구름판이었다.몸서리쳐지도록 절망이 엄습할 때마다 나는 반대급부로써 희망을 떠올렸다. 어떠한 상황 속에서도 희망의 끈을 놓지 않았다. 노숙자 생활을 하는 틈틈이 신문을 읽고 제품에 대한 아이디어를 떠올린 것도 다시 일어설 수 있다는 희망이 있기에 가능했다. 나는 육신이 고달플 때마다 멋지게 재기한 내 모습을 떠올렸다. 희망은 많은 돈을 주지 않아도 살 수 있다. 그저 머릿속에 떠올리는 순간, 그것은 꿈이 되고 나를 지탱해 주는 힘이 되는 것이다. 아이디어를 얻고 제품을 개발하기까지 돌이켜보면 숨 가쁘게 달려온 세월이었다. 그리고 나는 지금 세계를 향해 제2의 도약을 꿈꾸고 있다. 장애물이 나타나면 요리조리 피해가는 에스보드처럼, 언덕이 나타나면 몸을 흔들어 올라가는 에스보드처럼, 때로는 점프해 지상을 박차고 날아오르는 에스보드처럼, 나는 또 그렇게 앞으로 나아갈 것이다. 거침없이.

2004년 11월

강신기

$$\frac{1}{장}$$

노숙은 나의 힘!

내 인생의 막장, 서울역을 추억한다

느낌이 좋습니다, 사장님!

물영감과 따스한 물 한 병의 교훈

살아야겠다, 살아봐야겠다

내 인생의 막장, 서울역을 추억한다

밑으로 추락하는 인간에게는 아무런 희망이 없다. 그가 종국에 닿는 곳은 차가운 바닥이기 때문이다. 하지만 바닥에 떨어진 인간은 어떠한가? 바닥을 딛고 이제부터 위로 올라갈 수 있다는 희망이 있다. 내게 있어 노숙자 생활이 그랬다. 그해 겨울, 힘겨웠던 노숙 생활은 내가 딛고 힘차게 비상해야 할 마지막 바닥이자, 또한 구름판이었다.

지금도 나는 가끔 서울역에 나가 본다.

서울역에는 언제나 그렇듯이 많은 노숙자들이 살고 있다. 여름이면 웃통을 벗고 삼삼오오 모여 앉아 소주를 마시기도 하고, 겨울이면 라면 박스나 신문지를 덮고 여기저기서 새우잠을 청한다. 급식 센터에는 언제나 길게 줄이 서 있고, 부근에 위치한 인력 센터엔 사람들로 발 디딜 틈이 없다. 입은 옷은 추레하기 짝이 없으며 눈동자엔 초점이 없다. 대부분 술로 불콰하게 찌들어 있기 일쑤이고, 깎지 않은 머리칼과 수염으로 얼굴은 덥수룩하다. 첨단 기능을 갖추고 깨끗하게 지어진 서울역 청사와는 어울리지 않는 자본주의 사회의 한 단면이다.

노숙자들에게 있어 서울역은 어쩌면 인생의 막장 같은 곳인지도 모른다. 광물을 찾아 탄맥을 뚫던 광부들이 도달해간 갱도의 마지막 자리, 새로 길을 뚫지 않으면 나아길 길은 존재하지 않는다. 그러나 노숙자들에겐 새롭게 길을 헤치고 나아갈 수 있는 의지가 미약하다. 그들이 새로운 길을 뚫고 나아갈 수 있는 원동력은 희망이다. 하지만 대부분의 노숙자들은 이미 희망을 잃은 지 오래다. 인생이 도달할 수 있는 가장 깊은 나라의 구렁 속에서 하루하루 빛을 잃고 사그라진다.

　내가 노숙 생활을 시작한 건 지금으로부터 4년 전인 2000년 겨울이다. 유난히 추웠다고 기록된 그해 겨울, 나는 그야말로 빈털터리가 되어 어깨를 늘어뜨린 채 서울역 지하도로 걸어 내려갔다. 대개의 사람이 그렇듯 노숙자가 되기까지 말 못할 여러 가지 사연이 있게 마련이다. 나 역시 마찬가지였다. 한때 잘 나가는 침대유통회사 사장이었던 나는 IMF와 함께 전 재산을 허공에 날렸다. 엎친 데 덮친 격으로 집을 나간 이후, 15년 동안 연락이 없던 아버지가 말기암 환자가 되어 장남인 내 앞에 나타났다. 아픈 배를 붙잡고 매일같이 고통을 호소하시던 아버지는 불과 보름을 넘기지 못하고 돌아가셨다. 아버지가 돌아가신 이후, 나는 급속한 공황상태에 빠져들었다. 비록 부도를 맞긴 했지만 꾸준히 재기를 위해 노력했던 내게 아버지의 죽음은 마지막 의욕마저 깡그리 앗아갔다. 한숨만 늘고 술에 의지하는 시간이 많아졌다. 그로부터 2년 가까이, 나는 인생에 있어 최악의 막장을 경험했다. 돈이 떨어지면 일을 하고, 돈이 수중에 남았으면 낮에도 고시원이나 사우나에서 멍하니 시간을 보내는 날이 많았다.

　그러는 사이, 내 몸에 알 수 없는 변화가 나타났다. 2년 가까이 험한 생활을 계속하면서 몸이 몰라보게 망가졌던 것이다. 노동을 하다가 삐끗한 허리, 팔다리는 비만 오면 뼛속까지 쑤셨다. 제때 음식을 먹지 않아 위를 버린 때문인지 먹는 족족 설사를 하기도 했다. 뿐만 아니었다. 신용불량자 신세가 돼 있었고 의료보험도 되지 않았다. 대한민국 국민이었지만 나는 이미 사회적으로 버려진 사람이었던 것이다.

몸이 아프지 않을 때는 몸만 건강하면 무엇이든 할 수 있다고 생각했다. 그러나 몸이 무너지자 가까스로 버텨오던 내 정신도 일거에 무너졌다. 몸이 아파 인력시장에 나갈 수 없는 날이 계속되었다. 급기야 얼마간 가지고 있던 돈도 바닥났다. 내 몸을 의지할 고시원이나 여인숙은 꿈도 꿀 수 없었다. 당장 하루 먹을 식량을 걱정해야 하는 지경에까지 이르고 말았다.

마침내 유난히 길고 추웠던 그 해 겨울이 닥쳤다.

집이 경매로 넘어가고 아내가 처가가 있는 충주로 내려간 이후, 나는 어떤 어려움이 닥쳐도 노숙만은 하지 않았다. 팔다리가 멀쩡한 이상, 노숙은 죄악이라고 여겼기 때문이다. 그러나 힘든 생활이 거듭되자 처음 가졌던 의지는 간데없이 사라졌다.

머릿속에 서울역을 떠올린 건 바로 그즈음이었다. 나는 타의 반, 자의 반 노숙 대열에 합류했다. 끝없이 추락만 하는 인간에게는 아무런 희망도 없다. 그가 기다려야 하는 것은 차갑고 두려운 바닥이기 때문이다. 하지만 바닥에 떨어진 인간은 어떠한가? 바닥을 딛고 이제부터 위로 올라갈 수 있다는 희망이 있다. 내게 있어 노숙자 생활은 내가 딛고 힘차게 비상해야 할 마지막 바닥이자, 또한 구름판이었다.

죽고 싶다는 생각이 그때만큼 절실했던 적도 없었다. 가장 잘 죽을 수 있는 장소를 찾아 이곳저곳 기웃거리기도 했다. 나 하나 죽으면 끝이라는 생각과 내 가족들이 짊어져야 할 고통 사이에서 나는 하루하루 방황했다.

밤이 되자 나는 주위를 두리번거리며 서울역 지하도 계단을 내려갔다. 아홉 시가 넘어선 시간이었다. 벌써부터 여기저기 노숙자들이 널브러져 있었다. 차가운 바닥에 선뜻 몸을 누일 용기가 나지 않았다. 당장이라도 발길을 돌려 뜨거운 사우나라도 찾아들고 싶었다. 그럴 때마다 나는 고통 받는 사람들을 떠올렸다. 나로 인해 여기저기 시달렸을 가족들이 떠올랐고, 내가 대금 결재를 하지 못해 월급을 받지 못했을 협력 업체 노동자들이 떠올랐다. 그들을 생각하면 사우나도 내겐 사치였다. 속죄하는 마음으로 그렇게나마 죄를 씻고 싶었다.

한 시간을 헤맨 끝에 나는 적당한 자리 하나를 발견했다. 공중전화 부스 옆에 좁은 공간이 있었다. 출입구에서 두 번이나 통로가 꺾였기에 바람도 잘 들지 않았다. 나는 미리 준비해 들고 있던 라면 박스를 깔고 누웠다. 모든 사람들이 일제히 나를 쳐다보는 것 같았다. 하지만 그런 시선쯤은 얼마든지 견딜 수 있었다.

종일 돌아다닌 탓에 몸이 피곤했다. 나는 추위도 잊고 어느새 잠 속으로 빠져들었다. 그러기를 한 시간이나 되었을까. 누군가 발로 나를 툭툭 걷어찼다. 나는 얼굴을 찡그리며 겨우 눈을 떴다. 노숙자로 보이는 사내 하나가 나를 내려다보고 있었다.

"술을 마실 거면 곱게 마셔야지, 왜 자는 사람을 깨우고 그러시오?"

내 항의에 사내는 코웃음을 치며 말했다.

"여긴 내 자리란 말이네. 알겠나? 썩 자리 비키고 다른 데로 가!"

몸에서 심한 술 냄새가 풍겼다. 나는 어이가 없었다. 지하도 바닥에 임자가 있을 리 만무했기 때문이다. 소란한 틈을 타 떨어져 있던 노숙자들이 하나 둘 모여들었다. 나는 눈을 부라리며 그들을 쳐다보았다. 그들은 이구동성으로 떠들었다.

"야, 이거 봐라. 신참이 사람 잡네."

"힘만 믿고 까불면 안 되지."

아무래도 분위기가 심상찮았다.

"좋습니다. 비켜 드리지요. 그렇다면 어디로 가야 합니까?"

곰곰이 생각해 보니 그들 말에도 일리가 있는 것 같았다. 나는 머리를 긁적이며 슬며시 박스를 집어 들었다.

"신참은 맨 바깥이야."

그들 중 하나가 출입구 쪽을 가리켰다. 일종의 신고식이었던 셈이다.

자정이 넘자 지하철 통로 쪽이 모두 봉쇄됐다. 나는 할 수 없이 차가운 출입구 쪽에 자리를 잡고 누웠다. 신문지를 몇 겹씩 덮었지만 바람이 뼛속까지 스며들었다. 깜박 잠이 들었다가 깨어 보면 팔다리가 딱딱하게 굳어 있기 일쑤였다. 나도 모르게 입에서 "으으으" 하는 신음소리가 저절로 흘러나왔다. 도저히 그대로는 잠을 이룰 수 없었다. 몸이 굳으면 일어나 팔 굽혀 펴기를 하고 땀이 나면 다시 졸며 잠을 청했다. 정말 이가 갈리도록 추웠다.

그러는 사이, 아침이 다가왔다. 해가 뜨자 다시 지하철이 개방되고 뜨거운 바람이 실내를 메웠다. 나는 굳은 다리를 질질 끌며 상가가 문을 열기 시작하는 역사 안으로 들어갔다. 화장실로 휘청휘청 걸어간 나는 변기에 걸터앉아 그대로 잠이 들었다.

고단했던 노숙 첫날이었다.

느낌이 좋습니다, 사장님!

—

"그래, 누가 와서 우리 제품 에스보드에 관심을 보이기라도 했나요?"
나는 숨을 죽이고 물었다.
"관심뿐입니까? 많은 바이어들이 우리 제품에 관해 문의를 해오고 있습니다."

창문 너머로 어둠이 내려앉는 도시를 내려다본다. 도시의 네온 불빛은 언제 보아도 휘황찬란하다. 불빛 사이로 숨 가빴던 한두 해 전의 일들이 주마등처럼 스쳐 지나간다. 좌절하고, 쓰러지고, 다시 일어서기를 반복했던 시간들, 울고 싶어도 마음껏 울 수조차 없었던 순간들, 그 모든 기억을 뒤로 한 채, 어둠이 깃털처럼 내려앉고 있다.

마음을 가다듬고 차분하게 책상 위에 앉는다. 사장 강신기. 책상 끄트머리엔 잘 닦인 명패가 반들반들 윤기를 발하며 놓여 있다. 나는 손을 들어 명패를 어루만진다. 거기 쓰인 글자는 거짓말처럼 내 이름이다. 명패를 내려놓고 고개를 들어 천천히 벽으로 시선을 준다. 각종 행사 일정이 빽빽이 채워진 달력과 일정표, 제품에 관한 사진과 스크랩 자료들, 판매 계획과 그래프, 마케팅 현황, 공장 가동 현황 그리고 만나야 할 사람들…….

이번에는 사무실로 천천히 눈길을 준다. 직원들이 모두 퇴근한 사무실은 조용하기 이를 데 없다. 가습기가 숨을 쉬듯 가릉거리며 이따금씩 더운 김을 토해 놓는다. 나는 자리에서 일어나 책상 옆에 세워둔 '에스보드'를 들어 바닥에 내려놓는다. 녀석은 언제 보아도 미끈하게 빠진 애마 같다. 앞발을 녀석의 잔등에 올려놓고 나는 박차를 가하듯 탁탁 차 준다. 그런 다음 훌쩍 에스보드 위로 몸의 중심을 이동시킨다.

사무실 문을 열고 보드를 전진한다. 버튼을 누른 뒤, 그대로 엘리베이터 안으로 들어선다. 엘리베이터가 하강하는 동안, 좁은 공간에서 나는 양발을 보드 끝부분에 놓은 채로 번갈아 들며 걷는 연습을 한다. 이름하여 보드를 탄 채 걷는 기능이다. 엘리베이터는 오래지 않아 현관에 도착한다. 나는 몸을 흔들며 그대로 전진한다. 현관에 섰던 경비 아저씨와 가볍게 눈인사를 주고받는다.

보드는 이제 밤의 아스팔트 위로 내려선다. 나는 계속해서 몸을 흔들며 전진한다. 경사진 언덕을 올라선 뒤, 다운힐 기능을 이용해 경사면을 S자 형태로 빠르게 타고 내려간다. 온몸으로 짜릿한 스피드가 느껴진다. 골목이 끝나는 곳에 이르자 잘 정비된 자전거 도로가 나타난다.

나는 360도 회전해 진행하던 방향을 바꾼 뒤, 다시 회전해 앞으로 나아간다. 두 팔을 벌리고 한껏 밤의 공기를 들이킨다. 차가운 바람이 목덜미를 간질이며 지나간다.

나는 다시 길게 숨을 들이켠다. 기분은 점점 상쾌해진다. 밑바닥을 치고 다시 올라온 삶이었다. 어떤 좌절과 시련이 있어도 극복할 수 있으리라는 자신감이 폐부 가득 솟구친다. 고개를 들어 하늘을 본다. 오늘따라 하늘은 구름 한 점 없이 맑다.

문득, 사무실을 나서기 전의 상황이 떠오른다. 상기된 목소리로 전화를 걸어왔던 송 이사의 목소리가 생각났다. 어찌된 일인지 그는 한껏 고무돼 있었다.

나는 직감적으로 제품에 대한 반응이 좋기 때문이라고 느꼈다. 아니나 다를까, 송 이사가 들뜬 목소리로 말했다.

"느낌이 좋습니다. 사장님!"

"아, 그래요……."

짧은 순간 가슴이 뛰었다. 송 이사는 결코 실언을 할 사람이 아니었다. 얼마나 기대하고 있던 전화였던가. 전 세계에서 날고 긴다 하는 발명품들이 한자리에 모이는 자리였다. 수천 개나 되는 제품들 가운데 에스보드가 눈길을 끄는 것은 쉽지 않은 일이었다. 그래도 혹시나 하는 마음으로 일말의 기대를 걸고 있던 차였다.

송 이사는 미국에서 열리는 발명품 전시회에 참가중이었다. 'INPEX 2004'로 불리기도 하는 〈피츠버그 국제 발명·신제품 전시회〉는 세계의 우수 발명품이 한자리에 모여 경연하는 일종의 발명올림픽이다. 매년 세계 각국에서 천여 개 업체가 참가해 기술을 겨루며, 행사 기간을 통해 발명인과 바이어가 자연스럽게 연결된다. 우수한 발명품을 개발하고도 판로를 찾지 못한 제품들이 피츠버그 국제 발명대전을 통해 속속 제품화된다.

피츠버그 국제 발명대전에 나는 직접 참가하지 못했다. 국내에서 제품 홍보 활동을 계속해야 했고, 무엇보다 여러 사람이 참가할 만큼 여비가 넉넉지 않았기 때문이다. 참가 경비를 정부로부터 지원 받았기에 그나마 최소한의 인원이라도 참가할 수 있었던 것은 정말 다행스러운 일이었다.

출품 당시 우리의 목적은 제품을 널리 알리는 데 있었다. 따라서 대회 기간 중에 좋은 바이어를 만나 무난하게 투자계약을 받으면 우리가 생각했던 소기의 목적은 달성되는 터였다. 투자 계약을 받으면 제품을 좋은 조건으로 해외에 팔 수 있는 길이 열리게 된다.

"그래, 누가 와서 우리 제품 에스보드에 관심을 보이기라도 했나요?"

나는 숨을 죽이고 물었다.

"관심뿐입니까? 많은 바이어들이 우리 제품에 관해 문의를 해오고 있습니다."

피곤한 몸을 이끌고 받았던 전화였다. 하루의 피곤이 싹 달아나는 순간이었다.

"정말 잘 됐군요. 조금만 더 힘써 주십시오."

제품이 일단 바이어들의 눈에 띄었다는 건 자랑스러운 일이었다. 그렇다고 안심할 수는 없는 상황이었다. 수없이 많은 현장에서 이력이 날 대로 난 그들이었다. 초기에 관심을 보이다가도 상품 가치가 떨어진다고 판단되면 언제 그랬냐는 듯 등을 돌리기 때문이다. 바이어들은 철저히 자본주의 법칙에 따라 움직이며 상품의 가치 또한 그 법칙 안에서 죽음과 재탄생이 결정되는 것이다.

통화가 끝난 뒤, 나는 가만히 눈을 감고 생각에 잠겼다. 외국인들이 우리 제품에 어떤 반응을 나타낼지 사뭇 궁금했다. 레포츠 용품 생산에 있어 한국은 후진국이나 다름없다. 그 열악한 환경을 뚫고 개발한 제품이었다. 그 제품이 다행스럽게도 좋은 반응을 보인다고 하니 기쁘고 반가운 일이었다.

그날 밤, 나는 잠을 제대로 이룰 수 없었다. 제품이 좋은 반응을 얻었다니 기쁘기도 했고 앞으로 펼쳐질 에스보드의 운명이 궁금했기 때문이다.

피츠버그 국제 발명대전에는 제품뿐만 아니라, 관련 산업 종사자들이 모두 모이는 자리였다. 그곳에서 좋은 반응을 이끌어 낼 수 있다면 제품은 어느 정도 성공을 보장받을 수 있는 중요한 자리였다.

'부디 눈 밝은 바이어를 만나, 에스보드에 날개를 달아줘야 할 텐데……'

집 밖으로 내보낸 자식을 기다리는 어버이의 심정이 되었다.

나는 초조한 마음으로 전시회가 끝나기를 기다렸다.

물영감과 따스한 물 한 병의 교훈

—

용돈이라도 주고, 먹여주고 재워주는 곳이 있다면 망설임 없이 길을 나서야 한다. 타성에 젖게 되면 그 생활에 안주하게 된다. 안주하게 되는 순간, 자포자기가 시작된다. 그것은 노숙자가 가장 경계해야 할 적이다.

노숙자에서 사장이 된 강신기.

사람들은 나를 곧잘 그렇게 표현한다. 그건 틀림없는 사실이다. 하지만 노숙 생활을 하다가 어느 날 갑자기 회사를 차리고 사장이 된 것은 아니다. 꿈을 키우기까지 고통스러운 노숙 생활을 감내했으며 아이디어를 얻기 위해 고군분투했고, 회사를 차리기 위해, 자금을 얻기 위해, 디자인을 하기 위해, 제품을 만들기 위해, 피나는 노력을 거듭했다. 사무실이 없어 공중전화에서, 친구 사무실에서, PC방을 전전하며 일을 처리했으며, 성공할 수 있다는 확신 하나로 초지일관 에스보드 개발에만 매달렸다.

그리고 마침내 2년 남짓한 짧은 시간 동안 에스보드를 개발했고, 세계 최대의 박람회에 출품하게 된 것이다. 생각해 보면 꿈만 같은 시간이었다. 나는 계속해서 꿈을 꾸었으며 지금 역시 꿈을 꾸고 있다고 생각한다. 그리고 더 큰 미래를 향해 지속적으로 내 꿈을 이어갈 것이다. 부도를 만나 모든 걸 한 순간에 잃고 고통스러워했던 순간도 있었다. 힘든 노숙 생활을 떨치고 벌떡 일어나기도 했다. 어떤 어려움이 닥쳐도 나는 극복할 수 있다는 자신감으로 가득하다.

서울역을 찾은 이후, 처음 며칠은 정말 견디기 힘들 만큼 고통스러웠다. 자는 곳은 물론 먹는 곳, 씻는 곳, 입는 것까지 모든 걸 스스로 해결해야 했다. 살을 에는 추위 또한 견디기 힘들었다. 그러나 하루 이틀 지나면서 조금씩 요령이 생겼다.

지하 통로를 이용해 을지로 쪽으로 이동하면 찬바람이 들지 않는 따스한 공간이 더러 있다는 사실도 알게 되었다. 평소에 아무렇게나 내버렸던 박스 하나, 신문 한 장이 얼마나 소중한 것인지 몸으로 깨닫기도 했다.

시간이 지나자 노숙하는 사람들과도 안면을 트게 되었고, 이런저런 정보도 얻을 수 있었다. 무료로 밥을 나누어 주는 곳과 따스한 물로 씻을 수 있는 곳, 버려진 옷이나 신발을 쉽게 구할 수 있는 곳 등 그야말로 생존에 필요한 정보들이었다. 아무 데나 누워 잠을 자던 노숙자들 중에는 급식 시간만 되면 칼같이 눈을 떠 밥을 타먹는 이들이 많았다. 아직 생존 본능이 남아있었기 때문이었는지도 모른다.

노숙을 하면서 참 많은 사람을 만났다.

그들 중에서 유독 잊을 수 없는 사람이 있다. 이름도 고향도 알 수 없는 60대 가까운 노인이었다. 아직 노인이라고 부르기엔 이른 나이였지만 오랜 노숙 생활로 인해 원래 나이보다 10년은 늙어 보였다. 특이하게도 사람들은 그를 물영감이라고 불렀다.

내가 물영감을 만난 건 노숙 생활 일주일째 되던 날이었다. 그날도 나는 몸을 뒤척이며 지하도 한구석에서 잠을 청하고 있었다. 신문지와 박스를 겹겹으로 몸에 두르고 막 자리에 누울 무렵 누군가 내 몸을 흔들었다. 바라보니 덥수룩한 노인이 나를 내려다보고 있었다. 그는 손에 든 무언가를 내게 건네주었다. 그건 뜨거운 물이 담긴 작은 물병이었다. 나는 영문을 몰라 노인을 빤히 쳐다보았다. 노인은 몇 번 고개를 끄덕인 뒤 옆에 놓아두었던 자루를 끌고 다른 노숙자를 찾아갔다. 끌고 가는 자루 안에 여러 개의 물병이 담겨 있는 모양이었다.

나는 뚜껑을 열어 물을 한 모금 들이켠 뒤, 물병을 가슴에 품었다. 한결 몸이 따스했다. 진작 왜 이런 생각을 하지 못했을까, 후회가 되기도 했다. 물병으로 인해 잠이 들기까지 따스한 기분을 유지할 수 있었다. 그 뒤에도 물영감은 자주 목격되었다. 노인은 매일 밤, 그렇게 뜨거운 물이 든 자루를 질질 끌고 다니며 눈에 보이는 노숙자들에게 내밀었다.

노숙자 신분으로 누구를 도울 수 있다는 것은 상상도 못한 일이었다. 대부분의 사람들이 자기 밥 한 끼 챙겨 먹기도 힘들어했다. 그러나 물영감은 달랐다. 그는 비록 구걸을 해서 먹고 사는 처지임에도 자신과 같은 처지의 노숙자들을 위해 봉사를 하고 있었던 것이다. 더구나 그는 10년 전 공사장에서 한쪽 다리를 다쳐 몸까지 불편한 처지였다. 물영감을 통해, 노숙자 세계에도 따스한 인정이 살아 있음을 알게 되었다.

그날 이후, 나는 물영감과 비슷한 구역을 맴돌았다. 물영감은 사람들과 어울리는 걸 좋아하지 않는지 늘 혼자였다. 그 와중에도 몇 번인가 그와 대화를 나눌 수 있었다. 그는 고아로 태어났다고 했다. 부모가 누구인지 모른 채 보육 시설을 전전했다. 나라가 어려울 때여서 변변히 교육도 받지 못했다고 한다. 성년이 되자 무작정 서울로 상경했다. 그러나 서울 생활은 결코 만만하지 않았다. 배우지 못했으니 좋은 직장은 꿈도 꿀 수 없었다. 공장과 공사판, 식당 등을 전전하며 그는 부지런히 돈을 모았다. 돈을 모아 장사를 하는 게 꿈이었다고 했다. 서른 살 가까이 되었을 때, 3천만 원이라는 큰 돈을 모을 수 있었다. 쓰지 않고 악착같이 모은 돈이었다.

그러나 인생은 그가 마음먹은 대로 움직여 주지 않았다. 식당에서 배달일을 할 때 연상의 여자 하나를 알게 되었는데, 그녀가 그동안 모아 두었던 돈을 모두 찾아 감쪽같이 사라져 버린 것이다. 천성이 착했던 그였기에 자신을 사랑한다는 여자의 말만 믿고 통장을 맡겼던 게 화근이었다. 막상 여자가 사라지고 보니 찾을 길이 막막했다. 알고 있는 거라고는 여자의 이름 석자뿐이었다. 그날 이후, 그는 3년 가까이 여자를 찾아 서울 시내 모든 식당을 뒤지고 다녔다. 3년이 지났을 때, 그는 이미 폐인이 다 돼 있었다.

겨우 마음을 다잡은 그는 다시 열심히 돈을 모았다. 그러나 이번에도 행복한 삶은 그를 외면했다. 마흔이 넘었을 때 큰 수술을 받으면서 전셋집마저 날려야 했다. 노숙 아닌 노숙 생활이 시작된 건 그날 이후였다. 일용직 생활을 하며 조금씩 돈을 모으기도 했지만 주변의 꾐에 빠지거나 몸이 아파 번번이 빈털터리가 되었다. 친척이나 가족이 없으니 누구 하나 의지할 사람도 없었고, 마땅히 정착할 곳도 찾지 못한 채 비둘기처럼 도시를 떠돌며 살아온 삶이었다.

나는 대화를 나누며 새로운 사실을 몇 개 더 알게 되었다. 물영감은 낮에는 지하철 계단에 쪼그리고 앉아 구걸을 하고 그 돈으로 대부분 약을 샀다. 그렇게 산 약으로 몸이 아파 신음하는 노숙자들을 돌보고 다니는 것이었다. 노숙자 돌보는 일이 끝나면 식당을 전전하며 뜨거운 물을 구걸해 다시 동료들에게 나누어 주는 것이다.

나는 물영감을 보며 살아있는 천사가 따로 없다고 생각했다. 사람을 피하는 대인 기피증은 아마도 친한 친구들에게 몇 번이나 사기를 당한 이후 생긴 버릇인 듯 보였다. 생각할수록 마음 아픈 일이었다. 마음을 열어 친한 사람을 만나는 대신, 다른 사람을 돌보는 일로 자신이 받은 상처를 치유하고 있었던 것이다.

노숙자라는 말을 들으면 사람들은 인상부터 찌푸리기 일쑤다. 노숙자를 바라보는 사회의 시선은 잔뜩 굴절되어 있다. 알코올 중독자에 무능력자, 일하기 싫어하는 사람들, 범죄자……. 노숙자 하면 제일 먼저 떠오르는 단어이다. 심지어 사람들은 일하기가 싫어서 노숙자가 되었으니 도와줄 필요도 없다고 말하기도 한다. 한발 더 나아가 그대로 방치하지 말고 강제로라도 어디에 수용을 해야 한다고 목소리를 높인다. 외국인들 보기에 부끄럽다는 것이다.

그런 주장들이 일견 일리가 있는 것은 사실이다. 하지만 노숙자 문제를 그렇게 일방적으로 몰아가서는 안 된다. 많은 사람들이 무기력과 알코올 중독에 빠져 있지만 태어날 때부터 그들이 그랬던 것은 아니다.

정말 어쩔 수 없이 내몰린 사람들이 대부분이다. 한번씩 어려운 일을 겪었기에 정신 또한 온전하지 않은 사람들이 많다.

노숙을 하면서 나는 그들을 유심히 관찰했다. 노숙하는 사람에게는 통상 두 부류가 있었다. 생을 완전히 자포자기한 사람과 나처럼 생의 바닥을 차고 날아오를 준비를 하는 사람들이다. 전자가 하는 일은 주로 같은 부류와 술을 마시는 것이었다. 그들은 지나가는 행인을 상대로 100원을 구걸한다. 운이 좋으면 천 원짜리 지폐를 얻기도 한다. 그 돈으로 소주를 산다. 안주는 반드시 빵이나 컵라면이다. 소주만으로는 배를 채울 수 없기에 선택한 나름의 노하우였다. 그들은 과거에 묻혀 살며 현재는 존재하지 않는다. 그들이 기다리는 미래는 죽음뿐이다. 실제로 그런 사람들은 해마다 겨울이면 한 무리씩 자취를 감춘다. 어디서 어떻게 죽었는지도 알지 못하는 경우가 대부분이다. 술이 금지되는 노숙자 쉼터 같은 곳엘 가도 얼마 버티지 못하고 도망 나온다.

두 번째 부류는 노숙 방식부터가 첫 번째 부류와 완전히 다르다. 그들은 우선 아침 일찍 일어난다. 아침 일찍 일어나 인력시장을 찾아다니고, 식사는 현장에서 해결한다. 일을 얻지 못하면 서울역으로 돌아와 세면도 하고 무료 급식도 타먹는다. 그리고 남는 시간은 온통 신문을 들여다보는 데 쏟는다.

세상에서 가장 신문을 많이 읽는 사람이 누구일까? 신문 기자일까? 아니면 증권이나 경제 관련 종사자일까? 회사원일까? 아니다, 바로 재기를 준비하는 노숙자이다. 그들은 국내 주요 일간지를 비롯해 스포츠 신문, 경제신문, 그냥 굴러다니는 생활정보지까지 하나도 빼놓지 않고 낱낱이 훑는다. 공부도 하고, 재기할 수 있는 정보도 얻기 위해서다.

그렇게 공부하고 준비하는 사람들일수록 오래 노숙 생활을 하지 않는다. 빚쟁이들에게 쫓기거나 집이 경매되고 신용불량자가 되어, 또는 사소한 형사 사건으로 기소자가 되어 일시적으로 노숙을 경험하지만 이내 자리를 훌훌 털고 새롭게 출발한다.

노숙은 오래 하면 할수록 불리해진다. 타성에 젖기 때문이다. 빨리 벗어날 수 있다면 가능한 빨리 벗어나야 한다. 용돈이라도 주고, 먹여 주고 재워주는 곳이 있다면 망설임 없이 길을 나서야 한다. 타성에 젖게 되면 그 생활에 안주하게 된다. 안주하게 되는 순간, 자포자기가 시작된다. 그것은 노숙자가 가장 경계해야 할 적이다.

살아야겠다, 살아봐야겠다

—

바람이 불자 작은 병아리들은 종종걸음으로 어미를 향해 달려갔다. 어미는 날개를 벌려 달려오는 병아리들을 품었다. 거짓말처럼 병아리들은 어미 날개 사이로 모습을 감췄다.

지금도 그렇지만 나는 힘들 때마다 종종 남산을 찾는다. 내가 처음 서울에 올라왔을 때만 해도 남산은 어디서나 눈에 잘 띄었다. 남산엔

한옥마을이 있어 찾을 때마다 마음이 포근해진다. 식물원과 작은 동물원과 도서관이 있어 좋고, 봄과 가을이 되면 산책로를 따라 걷는 맛도 그만이다. 무엇보다 내 마음을 잡아 끈 것은 서울타워였다. 겨울이면 눈 덮인 산 위로 타워가 홀로 우뚝했다. 그것은 시골 촌놈에게 있어 늘 희망의 등대였다.

노숙자가 되었을 때도 나는 서울역 광장 한쪽에 서서 종종 서울타워를 바라보았다. 언제 보아도 타워는 하늘 한쪽을 찌른 채 우뚝 서 있었다. 나는 그 변함없음이 좋았다. 타워는 내게 있어 희망의 지표 같은 것이었다.

날씨가 따스하거나 일이 없는 날은 남산까지 걸어 올라갔다. 봉수대에 오르면 서울 시내가 한눈에 내려다보였다. 어떤 날은 거짓말처럼 송이눈이 날리기도 했다. 언젠가 신문에서 읽었던 글귀 한 줄이 떠올랐다. 큰 그릇 속에 세상을 담고 바라보면 슬픔과 기쁨, 고통이 모두 한 그릇 안에 담긴다는 말이었다. 눈이 내리고 있는 서울은 그대로 하나의 커다란 그릇이었다. 나는 내리는 눈을 이마로 느끼며 각오를 새롭게 다졌다.

'봄이 되면 바닥을 차고 훨훨 날아오르리라.'

어느덧 노숙을 한 지도 3개월째로 접어 들었다. 2월이 되자 매섭던 날씨가 조금은 풀리는 느낌이었다. 그날따라 이상하게 가족들이 보고 싶었다. 아내와 마지막 통화를 한 게 벌써 두 달 전이었다. 나는 급식으로 점심을 겨우 해결한 뒤 역사를 나섰다. 언제나 그렇듯 발길은 남산

쪽으로 이어졌다. 산을 오르지 않고 예장동 방향으로 능선을 따라 계속 걸었다.

얼마나 걸었을까. 발길은 자연스럽게 남산 한옥마을에 닿았다. 한옥마을은 입장료가 없어 언제 찾아도 마음이 편했다. 학생으로 보이는 여자들 둘이서 널을 뛰고 있었다. 한쪽에는 연인으로 보이는 한 쌍이 화살을 던져 항아리에 집어넣는 투호 놀이를 즐겼다.

연인이 자리를 뜬 뒤, 나는 화살 몇 개를 집어 들었다. 정신을 집중하고 항아리를 향해 화살을 똑바로 던졌다. 화살은 자꾸만 빗나갔다. 화살을 주워와 처음부터 다시 시작했다. 처음으로 한 개의 화살이 항아리 속으로 꽂혀 들어갔다. 하나가 들어가자 그 다음은 쉬웠다. 두 개, 세 개, 마침내 나는 들고 있던 화살 다섯 개를 모두 항아리 속에 집어 넣었다.

나는 한옥마을 여기저기를 기웃거리며 산책했다. 오후가 되면서 바람이 불기 시작했다. 갑자기 날씨가 쌀쌀해졌다. 나는 바람이 들지 않는 건물 뒤쪽으로 돌아갔다. 거기서 뜻밖의 장면을 발견했다.

조선시대, 대감이 살았다는 건물 뒤쪽에 청소 도구를 모아두는 작은 창고가 있었다. 창고 한쪽엔 그물이 쳐 있고 닭 10여 마리가 사육되고 있었다. 관리자들이 심심풀이로 기르는 닭인 모양이었다. 어미닭과 함께 노란 병아리 몇 마리가 삐약거리며 몰려다녔다. 바람이 불자 작은 병아리들은 종종걸음으로 어미를 향해 달려갔다. 어미는 날개를 벌려 달려오는 병아리들을 품었다. 거짓말처럼 병아리 새끼들은 어미 날개 사이로 모습을 감췄다.

나도 모르게 눈시울이 젖어들었다. 문득 처가 근처에 내려가 있는 아내와 아이들이 떠올랐다. 고향에 계신 어머니가 떠올랐고, 고통 속에 죽어간 아버지와 누이가 떠올랐다.

'하물며 미물에 불과한 닭도 제 새끼를 저렇게 품는구나. 이대로 주저앉을 수는 없지. 살아야겠다. 살아봐야겠다.'

그 장면은 내게 큰 깨달음을 주었다.

그날 이후, 나는 더욱더 열심히 살아보겠다는 다짐을 하게 되었다. 노숙에 이력이 붙으면서 나는 예전처럼 다시 재기를 위해 노력했다. 노숙자일망정 마음을 편하게 먹자고 스스로를 컨트롤했다. 인력시장에 나가 어렵지 않은 일을 골라 시작했고, 수중에 돈이 모이면 조금이나마 아내에게 생활비를 내려 보냈다. 부지런히 신문을 읽고 새로운 정보를 얻기 위해 노력했다.

노숙을 하는 중에도 나는 머릿속으로는 끝없이 이런저런 사업을 구상했다. 마냥 자포자기하거나 절망하지 않기 위해서였다. 어려울 때 가장 힘이 되는 건 바로 희망이다. 나는 육신이 고달플 때마다 멋지게 재기한 내 모습을 떠올렸다. 희망은 많은 돈을 주지 않아도 살 수 있다. 그저 머릿속에 떠올리는 순간, 그것은 꿈이 되고 나를 지탱해 주는 힘이 된다. 천만다행으로 몸은 더 나빠지지 않았다. 내 마음 속에 희망이라는 새 씨앗이 자라고 있었기 때문인지도 모른다.

날씨가 나빠 일을 하지 못하는 날은 의류 시장을 헤매고 다녔다. 좋은 아이디어를 얻기 위해서였다. 상인들 장사하는 것도 살피고 국내 경기도 살폈다. 길에서 음식 파는 분들도 꼼꼼하게 관찰하고 연구했다. 길거리 장사는 당장 몇백만 원으로 시작할 수 있어 늘 눈여겨보며 다녔다. 가장 쉽게 눈에 띄는 붕어빵으로부터 떡볶이나 오뎅, 호떡 같은 음식 장사, 머리핀이나 핸드폰 장식 같은 액세서리, 지갑이나 벨트 같은 잡화상품에 이르기까지 꼼꼼하게 체크했다.

그러나 쉽게 다른 장사를 시작할 수 없었다. 장사를 하기 위해서는 아무리 적어도 5백만 원 이상의 자금이 필요했다. 제대로 차리려면 천만 원 가까운 돈이 들었다. 뿐만 아니라 목이 좋은 곳은 영락없이 수천만 원의 권리금이 있었다. 하루 양식을 걱정해야 하는 내 처지에 꿈도 꿀 수 없는 금액이었다. 더구나 시대가 시대이니만큼 사람들 발길 좀 든다 싶으면 어김없이 노점이었다. 잘못 가게를 차렸다가는 종자돈조차 일거에 날리기 십상이었다.

그렇다고 포기할 수는 없었다. 언젠가 돈을 모을 것이고 무슨 일이든 시작해야 했기 때문이다. 장사가 잘 되는 곳을 발견하면 왜 장사가 잘 되는지 파악했다. 상인이 내뱉는 말투에서부터 판을 펼치고 거두는 시간까지 기록했다. 어떤 손님이 주로 좌판을 이용하는지도 파악했다. 외국 손님이 오면 어떻게 해야 하는가, 주변 불량배들이 나타나면 어떤 식으로 대처해야 하는가……. 내 눈에 들어오는 모든 것들에서 나는 수없이 많은 정보들을 얻어냈다.

비록 힘든 노숙 생활이었지만 희망이 생기자 조금씩 기운이 났다. 노숙자들 중에는 나처럼 재기를 준비하는 사람들이 많아 서로 격려가 되기도 했다. 그들 중에는 유통이나 장사에 전문 지식을 가진 사람들이 많아 많은 노하우를 전수받기도 했다. 목표가 분명한 사람들은 얼마 지나지 않아 툭툭 털고 노숙을 청산했다. 그러나 그건 극히 일부의 일이다.

노숙자가 된 사람들은 스스로 자포자기하기 십상이다. 그런 생활이 길면 길수록 자포자기의 수렁은 깊게 그들을 가둔다. 그것은 비단 노숙자만의 문제가 아니다. 사업이 실패하고 명예퇴직을 당하자 많은 사람들이 삶의 의욕을 잃고 절망했다. 그들의 재기를 방해하는 가장 큰 요소는 과거에 대한 미련이다. 실제로 내가 만난 노숙자들 중에는 과거에 대단한 이력을 가진 사람들이 많았다. 빌딩을 몇 개나 소유했다가 부도를 맞고 하루아침에 도망자 신세가 된 사람, 대학교수 신분이었으나 특정 사건에 연루되어 해직당하고 홧김에 노숙자가 된 사람, 자영업자, 공무원, 외국인에 이르기까지 사연도 많고 억울한 일도 많았다.

그들은 화려했던 과거를 생각하며 술과 한숨으로 시간을 보낸다. 그러다 보면 건강이 무너지고 재기에 대한 기대는 완전히 사라진다. 노숙자가 되면 가장 문제가 되는 게 거친 잠자리다. 거친 잠자리와 불규칙한 식사는 건강을 순식간에 앗아간다. 따라서 과거에 대해 미련을 버리는 일과 건강을 지키는 길은 재기의 가장 중요한 밑거름이라고 할 수 있다.

절망에 처했을 때는 처음부터 다시 시작한다는 마음가짐이 중요하다. 인간은 어차피 맨주먹으로 태어났다. 다시 시작한다는 마음으로 과거를 비우는 사람은 반드시 잃어버린 꿈을 되찾을 수 있다. 술이 생각나면 이를 악물고 견뎌야 한다. 힘들지만 제때 식사를 하는 것도 필수적이다. 비 온 뒤에 땅이 더 굳어진다는 말이 있다. 그 순간을 견딜 수 있다면 그 사람은 더욱 튼튼하고 건강하게 삶에 임할 수 있을 것이다.

아무튼 나는 길고 지루했던 그해 겨울, 노숙자 생활을 통해 참으로 많은 것을 배웠다. 결코 돈 주고 살 수 없는 귀중한 경험들이었다. 그런 외중에도 시간은 꾸준히 흘러 마침내 그 겨울이 서서히 뒷모습을 보이기 시작했다.

거짓말처럼 어디선가 봄이 오고 있었던 것이다.

희망전도사 강신기가 전하는 바른 노숙생활 10계명

1. 무슨 일이 있어도 술을 삼가라.
2. 최대한 건강에 신경 써라.
3. 사람들에게 시비를 걸지 마라.
4. 어디든 일이 있으면 찾아 나서라.
5. 늘 희망을 마인드컨트롤 하라.
6. 결코 포기하지 마라.
7. 부지런히 정보를 얻어라.
8. 과거의 영화를 잊어라.
9. 가족을 잊지 마라.
10. 끝없이 움직여라.

2
___
장

우리에게 죄가 있다면 가난이었다

어머니와 화장품 가방

좌절된 진학의 꿈

가난이 불러온 방황

그래도 삶은 계속되고

누이의 죽음과 아버지의 가출

어머니와 화장품 가방

—

"신기야, 저 콩은 그냥 콩이 아니다……."

어머니가 간절하게 부탁했다. 설움이 복받쳐 눈물이 나오는데, 어머니 때문에 울지도 못했다. 아마 어머니도 같은 심정이었을 것이다. 어머니가 기어서라도 고개를 내려오지 못한 건 어쩌면 콩 자루 때문인지도 모른다는 생각이 들었다.

내가 태어난 곳은 백제의 옛 고도인 부여 인근의 시골 마을이다. 삼면이 백마강으로 둘러싸인 부여는 곳곳에 유적이 산재한 유서 깊은 곳이다. 산은 낮고 억세지 않으며 들판은 기름졌다. 백마강은 부소산(扶蘇山)을 감돌아 흐르는데, 부소산에는 부소산성과 군창지, 고란사(皐蘭寺) 등의 사적이 지금도 그대로 남아 있다. 백마강 동쪽에는 백제가 멸망할 때 3천 궁녀가 백마강으로 몸을 던졌다는 전설의 낙화암(落花巖)이 있다.

그 시절 대부분의 농촌 마을이 그랬듯 우리집은 집안 형편이 어려웠다. 아니 찢어지게 가난했다고 표현하는 것이 더 정확할 것이다. 우리 몫의 땅이 없기 때문에 생겨난 가난이었다. 하다못해 손바닥만한 텃밭도 가지고 있지 않았다. 농촌에서는 대부분 쌀과 반찬을 자급자족한다. 그 흔한 쌀과 반찬까지 우리 가족은 일일이 사서 먹어야 했다. 그러니 사는 일이 수월할 리 만무했다.

내가 중학교 다닐 때까지 아버지는 시골에서 건축일을 하셨다. 말이

건축이지 목수나 다름없었다. 아버지는 유달리 나무 다루는 솜씨가 좋았다. 대패질 몇 번으로 창틀을 만들고, 집을 지을 때 서까래로 쓸 나무 기둥을 제작했다. 예전에는 집을 짓게 되면 터를 닦는 일에서부터 마지막 슬레이트를 올리기까지 일일이 수작업으로 집을 지었다. 아버지는 그런 일에 재주가 좋아서 새로 집을 짓는 곳마다 불려 다녔다.

지금처럼 전문화된 건축 기술을 가졌다면 아버지의 삶은 많이 달라졌을 것이다. 그러나 예전에는 대부분의 일이 주먹구구식으로 진행되었다. 건축 현장마다 이리저리 찾아다니며 노동을 하셨는데, 일감이 꾸준하지 않았다. 비가 오거나 날씨가 추워지면 공치는 날이 대부분이었다. 일이 험해서 가끔 손발을 다치기라도 하면 몇 달이고 일손을 놓아야 했다.

상황이 그러했으니 가정을 꾸리는 일은 자연스럽게 어머니 몫으로 돌아갔다. 돌이켜보면 누구보다 고생을 많이 하신 분은 어머니였다. 어머니는 밭일에서부터 상갓집 뒤치다꺼리까지 동네의 온갖 궂은 일을 도맡아 하셨다. 봄, 여름에는 노상 밭으로 나가 품앗이를 했다. 아침 일찍 집을 나가 저녁 늦게 돌아왔다. 그렇게 일한 품삯은 가을철 쌀이나 곡식으로 받았다. 우리 가족이 겨울을 나는 데 쓰일 양식이었다.

어머니는 일을 다녀도 좀처럼 신명이 나지 않았다고 한다. 어머니의 소원은 내 땅에 곡식을 심고 가꾸어 보는 일이었다. 종일 손발이 부르트도록 남의 밭을 매주고 돌아오는 길에 어머니의 어깨는 언제나 축 처져 있기 일쑤였다.

그러나 밭일은 한때뿐이어서 꾸준한 수입이 되지 못했다. 수입거리를 찾던 어머니가 눈을 돌려 시작한 일은 화장품 외판원이었다. 당시에는 시골마다 화장품 외판원들이 돌아다니며 화장품을 팔았다. 장이 서지 않거나 장과 거리가 먼 시골 오지 사람들이 어머니의 단골 고객이었다.

어머니가 무겁게 메고 다녔던, 아모레 상표가 찍힌 청색 화장품 가방은 지금도 잊혀지지 않는다. 당시에는 화장품이 지금보다 더 크고 무거웠다. 그런 화장품을 수십 개씩 가방에 넣고 다녔으니 그 무게가 적게 잡아도 쌀 한 말과 맞먹었다.

작은 키에 왜소한 체구의 어머니는 하루도 빠지지 않고 화장품 가방을 메셨다. 아침밥을 차려놓고 우리보다 먼저 길을 나서기 일쑤였다. 어머니의 화장품 가방 속에서 나와 세 동생의 학비가 나왔고, 아침저녁으로 먹을 쌀과 반찬이 나왔다.

당시에는 교통이 제대로 발달하지 않아 버스가 닿지 않는 마을이 허다했다. 어머니는 시골 구석구석까지 수십 리를 일일이 걸어다녔다. 시골 마을에서 현금으로 화장품을 사는 사람은 드물었다. 또 대부분 외상이기 십상이었다. 화장품 값은 대부분 가을에 곡물로 받아왔다. 왼쪽 어깨에 가방을 메고, 등에는 곡식 자루를 지고 허리가 잔뜩 휜 어머니는 저녁에야 집으로 돌아왔다.

대단한 수입이 되었던 것은 아니다. 어머니는 천성이 모질지 못한 탓에 언제나 제값을 다 받지 못했다. 외상을 잔뜩 져 놓고 말없이 이사를 가 버리는 집도 있어 화장품값을 떼이기도 했다. 어떤 곳에서는 화장품

값을 턱없이 깎아 주어 오히려 손해를 보았다. 궁핍한 농촌마을이었기에 그런 일은 자주 발생했다.

학교에서 일찍 돌아온 날은 자전거를 타고 어머니를 마중 나갔다. 어두운 고갯길에서 마주칠 때는 서로 깜짝 놀라기도 했다. 그런 일이 잦아지자 멀리서 사람 소리가 들리면 어머니는 으레 "신기냐?" 하고 소리쳐 물으셨다. 나중에는 멀리서 다가오는 자전거 소리만 들려도 나인지 아닌지 구분할 수 있게 되었다고 한다. 나는 화장품 가방과 곡식 자루를 자전거 짐받이에 싣고 어머니와 이런저런 얘기를 나누며 집으로 돌아왔다. 중학생인 내가 들어도 가방과 자루는 묵직했다. 요즘은 캐리어 같은 게 있어서 무거운 짐도 쉽게 옮길 수 있는데, 당시에는 왜 그런 생각을 하지 못했는지 모를 일이다.

화장품 외판원으로 자식 넷을 키우는 일은 벅찼다. 수업료를 제때 내본 적이 없을 정도로 궁핍한 살림이었다. 수업료 납부 상황은 그때그때 교무실 칠판에 공개되었다. 나 때문에 우리반이 꼴찌를 하는 경우도 심심찮게 있었다. 담임선생님과 친구들 보기가 무척 미안했다. 그래도 나는 매사에 긍정적인 마음으로 임했다. 미안하긴 했지만 그런 일로 부끄러움은 느끼지 않았다. 가난은 누구의 잘못도 아니기 때문이었다.

가장 괴로웠던 것은 머리를 이발하는 문제였다. 우선 급한 대로 돈을 쓰다보면 머리 이발하는 일은 늘 뒷전으로 밀리기 일쑤였다. 그래서 나는 언제나 이발 문제로 속을 썩였다. 당시만 해도 학생의 머리 단속은 엄격했다. 스포츠머리가 규정이었고 조금만 길러도 가위질 세례를 당하기 일쑤였다. 나는 복장을 단속하는 학생과 선생님에게 단골로 가위질을 당했다. 쥐가 파먹은 머리가 되어 학교에서 돌아오면 어머니는 한숨을 내쉬며 서툰 솜씨로 내 머리를 다듬어 주셨다.

그러던 어느 날, 뜻밖의 사건이 발생했다. 저녁이 되어도 어머니가 돌아오지 않았기 때문이다. 아무리 늦어도 어머니는 통상 여덟시면 집으로 돌아왔다. 그런데 그날은 아홉시가 훌쩍 넘어도 어머니가 나타나지 않았다. 자전거에 올라 늘 마중 나가던 곳까지 달려갔지만 어머니의 그림자도 보이지 않았다.

나는 무작정 자전거 페달을 밟았다. 어머니가 주로 장사를 나가는 길은 서너 군데로 정해져 있었다. 나는 그 중, 하나의 길을 택해 빠르게 내달렸다. 다행스럽게도 달빛이 사방을 낮게 비추고 있었다. 10여 리를 미친 듯이 달려 길이 끊어지는 곳까지 이르렀다. 대여섯 가구가 옹기종기 모여 살고 있는 작은 마을이었다. 동네 개들이 컹컹 짖으며 달려 나왔다. 나는 입구에 있는 두어 집의 사립문을 열고 들어가 어머니가 들렀는지 물어보았다. 마을 사람들은 한결같이 고개를 흔들었다. 어머니는 열흘 전에 다녀갔다는 것이었다. 그렇다면 어머니는 다른 곳으로 장사를 나간 게 틀림없었다.

왔던 길을 달려오다가 비석삼거리라는 곳에 이르러 다른 곳으로 방향을 틀었다. 길이 험하고 교통이 뜸한 곳이어서 어머니가 평소에 자주 가지 않는 길이었다. 얼마쯤 달리자 다시 길은 두 갈레로 갈라졌다. 하나는 차들이 다닐 수 있는 신작로였고, 다른 곳은 고갯길이었다. 신작로는 돌아가는 길이었고, 고갯길을 지름길이었다. 나는 잠시 어떤 길로 갈까 망설였다. 그때 퍼뜩 떠오르는 생각이 있었다.

'어머니는 필경 지름길을 주로 이용하실 것이다.'

나는 자전거를 끌고 산길로 방향을 잡았다. 달이 뜨긴 했지만 처음 와보는 산길은 무서웠다. 이따금씩 묘지들이 나타나 간담을 서늘하게 했다. 어디선가 이름 모를 새들이 괴상한 목소리로 울어댔다. 하루가 멀다 하고 밤길을 걸어 돌아오는 어머니 생각에 더욱 마음이 아팠다.

거짓말처럼 어머니를 발견한 건 그로부터 몇 분 뒤였다. 어머니는 정상 조금 못 미친 곳에 쓰러져 계셨다.

"신기냐!"

어떻게 아셨는지 어머니는 큰 소리로 나를 불렀다. 나는 자전거를 팽개치고 재빨리 달려갔다. 어머니 옆에는 화장품 가방과 함께 콩이 든 자루 하나가 엎어져 있었다. 자루 끝이 풀어져 콩들이 사방에 널린 상태였다. 급히 산길을 질러 내려오다가 넘어지면서 발목을 삐었다고 했다. 발이 퉁퉁 부어 신발이 벗겨지지 않을 정도였다. 늦은 저녁이라 지나가는 사람도 없고 도움을 요청할 수도 없는 상황이었다. 어머니는 누군가 나타나기만을 하염없이 기다리고 있었던 것이다.

자전거를 끌고 와서 어머니를 안장에 태웠다. 그러나 어머니는 그대로 갈 수 없다고 버텼다. 쏟아진 콩을 버려두고 갈 수 없다는 이유였다. 나는 버럭 화를 냈다. 다리를 다친 마당에 콩이 다 무언가 하는 생각이 들었기 때문이다.

“신기야, 저 콩은 그냥 콩이 아니다…….”

어머니가 간절하게 부탁했다. 설움이 복받쳐 눈물이 나오는데, 어머니 때문에 울지도 못했다. 아마 어머니도 같은 심정이었을 것이다. 어머니가 기어서라도 고개를 내려오지 못한 건 어쩌면 콩 자루 때문인지도 모른다는 생각이 들었다. 나는 자전거를 받쳐 놓고 콩을 자루에 주워 담았다. 나중에는 눈에 보이는 대로 흙이든 콩이든 가리지 않고 퍼 담았다.

어느새 달은 중천에 떠 있었다. 어머니를 자전거에 태우고 조심스럽게 집으로 걸음을 옮겼다. 화장품 가방은 어깨에 멘 상태였고, 콩 자루는 짐받이에 단단히 동여맸다. 돌아오는 길에 어머니는 내내 말이 없었다. 나 역시 무슨 말을 해야 할지 몰라 침묵했다.

어린 동생들이 동구밖까지 나와 기다리고 있었다.

좌절된 진학의 꿈

—

수십 분을 헤맸지만 선배 집은 찾을 수 없었다. 비슷한 집을 발견하고 허겁지겁 초인종을 눌러보면 영락없이 다른 집이었다.

어느덧 세월이 흘러 나는 중학교 3학년이 되었다.

때는 바야흐로 유신정권 말기였다. 온 국민이 가난을 벗어나기 위해 발버둥치던 때였다. 국가에서는 '기술만이 살길'이라는 표어를 내걸고 기능공 양성에 힘을 기울였다. 중학교를 졸업할 무렵, 나도 기술을 배워야겠다는 생각을 하게 되었다. 아버지로부터 손재주를 물려받은 때문일까. 무엇을 만드는 일은 늘 나를 매료시켰다. 위대한 기술자가 되어 내 손으로 무엇이든 만들어 보고 싶었다.

내 목표는 충남기계공고였다. 충남기계공고는 내가 형편상 고려할 수 있는 가장 큰 학교였다. 도청이 있는 대전에 위치해 있을 뿐만 아니라 기술 분과가 체계적으로 나누어져 있어 많은 선배들이 지원하는 곳이었다. 나는 목표가 정해지자 꾸준히 공부에 매달렸다. 성적이 상위권이었으므로 합격에는 자신이 있었다.

백제중학교 졸업을 앞둔 나는 시험을 보기 위해 대전으로 갔다. 대전은 집을 떠나 난생 처음으로 나가 보는 대도시였다. 시험 전날, 나는 한 해 먼저 입학한 학교 선배 집으로 갔다. 합격한 선배들이 후배들을 위해 숙식을 제공하는 건 선후배 간에 내려오는 우리 학교의 오랜 전통이었다.

드디어 시험날이 닥쳤다. 나는 기왕이면 좋은 성적으로 합격해 장학금 혜택이라도 받으리라 마음먹었다.

그런데 뜻하지 않은 일이 발생하고 말았다. 낯선 환경 때문인지 아침부터 이상하게 마음이 불안했다. 그런 마음은 고사장을 향해 출발할 때까지 계속됐다. 불안함의 원인이 밝혀진 건 고사장을 얼마 남겨 두지 않은 버스 안에서였다. 선배 집에다가 그만 수험표를 두고 온 것이다.

나는 다짜고짜 소리를 질렀다.

"선배님, 큰일 났어요. 수험표를 두고 왔어요!"

나는 절망적으로 소리쳤다. 생각할수록 기가 막힌 일이었다. 그러나 한탄만 하고 있을 때가 아니었다. 시험 시간은 어느덧 30분 앞으로 다가왔다. 후배 몇 명을 인솔하던 선배 역시 당황한 빛이 역력했다. 그는 다른 후배들을 이끌고 고사장으로 향하며 내게 집으로 돌아가 빨리 수험표를 가져오라고 야단쳤다. 역할을 서로 바꾸어야 했는데, 너무 급한 순간이라 이런저런 생각을 할 겨를이 없었다.

나는 택시를 잡아타고 전날 묵었던 선배네 동네로 향했다. 하지만 그뿐이었다. 골목 근처까지 찾아가긴 했지만 아무리 보아도 그 집이 그 집 같았다. 골목을 따라 벽돌로 나란히 지은 단독주택들은 대부분 외관이 비슷했다. 수십 분을 헤맸지만 선배 집은 찾을 수 없었다. 비슷한 집을 발견하고 허겁지겁 초인종을 눌러보면 영락없이 다른 집이었다.

나는 부랴부랴 다시 고사장으로 돌아왔다. 이미 시험이 시작된 뒤였다. 사정을 했지만 받아들여지지 않았다. 이미 1교시가 끝나가고 있었다. 나도 모르게 눈물이 흘렀다. 이런 결과를 얻자고 여기까지 왔는가. 집에 돌아가 부모님께 무어라고 얘기를 해야 할까. 무슨 낯으로 친구들과 선생님 얼굴을 본단 말인가. 빈 복도를 걸으며 시험에 열중하고 있는 학생들을 쓸쓸히 바라보았다. 교실 안 어디에도 내가 앉을 자리는 없어 보였다.

그날의 사건은 내가 느낀 최초의 절망이었다.

등록금이 없어도, 도시락을 싸 가지 못하는 날이 있어도, 강제로 머리를 깎여도 결코 절망해 본 적이 없었다. 하지만 그날은 달랐다. 내가 원하고 목표했던 일이 잘못되었을 때 얼마나 상실감이 큰지 뼈저리게 느낄 수 있었다.

하지만 그 일은 내 인생에 있어 결과적으로 득이 되었다. 그날 이후 매사에 꼼꼼히 준비하는 버릇 하나를 덤으로 챙겼기 때문이다. 훗날 에스보드를 개발하고 특허를 낼 때에도, 에스보드를 가지고 정부에 자금 지원 신청을 할 때에도 나는 꼼꼼하게 자료를 준비했고, 그런 준비는 어려울 때마다 좋은 결과를 가져왔다.

진학에 실패한 뒤, 내 상심은 오래도록 계속됐다. 당연히 합격을 예상했으므로 다른 학교는 전혀 준비를 하지 못한 상태였다. 나는 졸지에 재수생이 되었다. 부러운 마음으로 고등학교에 올라간 친구들을 보고 있자니 마음이 아팠다. 대학도 아니고, 고등학교 진학에 앞서 그런 일이 생겼으니 생각할수록 기가 막혔다.

하지만 언제까지 감상에 젖어 있을 수는 없었다. 내가 집에서 건달처럼 쉬고 있는 동안에도 동생들 학비를 벌기 위해 어머니는 화장품 가방을 메고 돌아다니셨다. 몇 달만 지나면 어김없이 수업료를 내야 하는 계절이 돌아오던 상황이었다.

시험을 보기 위해서는 어차피 1년을 기다려야 했다. 집에서 빈둥거리느니 그럴 바엔 차라리 취업을 해서 돈을 벌어야겠다는 생각을 했다. 나는 집안이 넉넉지 못했던 탓인지 누가 강요하거나 가르쳐 주지 않아도 그런 생각을 했다. 그렇게 해서 입사하게 된 곳이 안양에 있는 한 화장품 용기 제조공장이었다.

화장품 공장을 택한 건 어머니 때문이었는지도 모른다. 어머니가 늘 가방에 넣고 팔러 다니는 화장품을 보면서 친숙한 느낌을 받았기 때문이다. 하지만 그건 나의 착각이었다.

당시만 해도 그런 공장은 모두가 일하기를 꺼리는 3D 업종에서도 3D 업종이었다. 요즘처럼 현대화된 공장 시설과 근무 환경은 꿈도 꾸지 못하던 시절이었다. 좁고 비위생적인 환경 속에서 용기를 만들어야 했다. 무엇보다 나를 견딜 수 없게 한 것은 화공약품 냄새였다. 마스크를 써도 그때뿐이었고 일이 계속될수록 머리가 아팠다.

그런 가운데서도 나는 성실하게 일을 했다. 견습공 신분이었기 때문에 월급은 형편없이 적었다. 정식 직원들이 받는 월급의 반도 채 되지 않았다. 그나마 기숙사비에 밥값을 제하고 나면 남는 게 없다시피 했다.

그래도 나는 내 손으로 돈을 벌 수 있다는 사실이 즐거웠다. 많지는 않지만 약간이나마 집안에 보탬이 되었다. 머리를 짓누르던 나쁜 작업 환경도 차츰 적응되기 시작했다. 일이 손에 익으면서 학교를 포기하고 계속 일을 배울까 하는 생각까지 가지게 되었다.

화장품 공장에는 나처럼 집안 환경이 어려워 일찍부터 공장에 취업, 잔뼈가 굵은 사람들이 많았다. 그들은 나를 볼 때마다 늘 대견스럽게 생각했다. 나이도 어린놈이 고생한다며 일요일엔 밖으로 데리고 나가 영화를 보여주기도 했다. 그들 중에서 나는 같은 작업반에 근무하는 종구형과 유달리 친하게 지냈다. 우리는 고향도 같았고 성씨도 같았다. 아는 사람 하나 없는 외로운 객지에서 의지할 사람을 만났다는 게 무엇보다 반가웠다.

종구형은 그때 20살이 조금 넘은 나이였다. 집안이 찢어지게 가난해 나처럼 중학교만 졸업하고 공장에 취직한 몸이라고 했다. 그래서인지 그는 나이보다 어른스러운 구석이 있었다.

그 해 가을이었다. 종구형이 밥이나 먹자며 여느 날처럼 나를 불렀다. 추석이 얼마 남지 않은 시점이었다. 종구형은 나를 데리고 다짜고짜 삼겹살집으로 갔다. 종구형은 불판에 얹힌 고기를 내게 집어주며 입을 열었다.

"일이 재밌냐?"

종구형이 나를 빤히 쳐다보며 물었다. 야근에, 특근에, 파김치가 된 몸으로 일이 재미있을 리 만무했다. 그러나 솔직히 내 맘을 표현할 수는 없었다.

"그럭저럭 할 만합니다……."

종구형은 알 듯 모를 듯 미소를 머금었다.

"거짓말 말아."

종구형은 대번에 내 맘을 읽고 있었다. 말없이 식사에 열중하던 종구형은 내게 이번 추석에 고향에 내려갈 것인지 물었다. 나는 당연히 그러겠다고 대답했다. 그런데 종구형은 뜻밖의 말을 꺼냈다.

"너 이번에 내려가면 다시 올라오지 마라."

형은 진심어린 눈빛으로 내게 충고했다. 고향에 내려가면 더 이상 공장밥 먹을 생각하지 말고 진학 준비에 전념하라는 얘기였다. 형은 내게 무슨 일이 있어도 배워야 한다고 충고했다. 최소한 고등학교는 나와야 한다는 것이었다. 그렇게 하지 않으면 평생 이 생활을 벗어나지 못할 것이라고 말했다.

그날 형의 충고는 내게 여러 가지로 큰 여운을 남겼다. 사회생활을 하면서 생판 모르는 사람에게 충고를 해준다는 게 무엇보다 고마웠다. 가장 힘든 순간 혹은 어려움에 처해 있을 때 용기를 줄 수 있는 것이 인간의 따스한 말 한마디, 이웃의 따스한 관심임을 실감할 수 있었던 순간이었다.

그러나 나는 추석이 지난 후 다시 공장으로 돌아올 수밖에 없었다. 고등학교 진학을 하기까지 아직 몇 달의 시간이 남아 있었기 때문이다. 대신 공장에서 좀더 일을 하며 가까운 곳에 있는 고등학교를 알아보기로 했다.

형의 충고가 자극제가 된 것이다.

가난이 불러온 방황

—

퇴학 결정이 내려지자 정신이 번쩍 들었다. 고향에서 고생하시는 부모님이 떠올랐다. 화장품 공장에 들어가 밤샘 작업을 할 때 내게 배워야 한다고 충고했던 종구형 얼굴도 떠올랐다.

　이듬해, 나는 기술자가 되겠다는 꿈을 살려 안양공고에 지원했다. 공장 인근에 있는 학교였기에 눈여겨보았다가 원서를 넣은 것이다. 어렵지 않게 기계과에 합격할 수 있었다.

　덮어놓고 합격을 했지만 새로운 문제가 생겼다. 공장을 다닐 때는 기숙사가 있어 내 한 몸 먹고 자는 데 아무런 문제가 없었다. 그러나 고등학교는 달랐다. 무작정 회사 근처에 원서를 넣긴 했지만 당장 먹고 잘 곳이 마땅치 않았다. 고향인 부여에서 통학을 한다는 것은 말도 되지 않는 일이었다. 그렇다고 어려운 형편에 자취나 하숙을 할 수도 없는 노릇이었다.

　어머니는 일 나가는 것도 잊으시고 나 때문에 한숨만 쉬셨다. 그러던 어느 날, 어머니가 갑자기 무릎을 탁 쳤다. 서울 노량진에 있는 이모를 떠올린 것이다. 자주 왕래가 없어 서먹하긴 했지만 어머니는 당장 이모님 댁으로 전화를 넣어 어렵게 승낙을 얻었다.

　다음날, 나는 노량진에 있는 이모님 댁으로 갔다. 그곳에서 안양까지 한 시간 이상 전철을 타고 학교를 다녔다. 그러나 이모님 댁도 그리 넉넉한 형편이 아니었다. 어머니는 이모가 나를 맡아주는 조건으로 한 달에 쌀 다섯 말을 보내기로 약속했다. 일종의 하숙비였던 셈이다. 그러나 가난했던 부모는 그 약속마저 제대로 지키지 못했다.

　매사에 낙천적인 나도 그런 현실을 마냥 모른 척 할 수는 없었다. 다 큰 놈이 공짜로 밥을 얻어먹고 있으니 이만저만 눈치가 보이는 게 아니었다. 다행히 내겐 갈 곳이 있었다. 학교 앞에서 자취를 하는 친구들 집이었다.

이모님 댁 대신 나는 친구들 집을 전전하기 시작했다. 그건 돌이킬 수 없는 수렁이었다. 학교 앞 친구들 집은 나처럼 갈 곳 마땅치 않은 아이들의 집합소가 되었다. 여럿이 모이다 보니 자연스럽게 공부보다 놀 궁리가 앞섰다. 그때쯤 대한민국 제일의 기계공이 되겠다는 내 원대한 꿈은 온데간데없이 사라졌다. 친구들과 어울려 술을 마시거나 밤거리를 몰려다녔다. 그러다 보면 반드시 이런저런 일로 시비가 붙었고 싸움에 휘말렸다.

중학교 때, 태권도를 배웠던 나는 싸움에 일가견이 있었다. 싸움이 벌어질 때마다 맨 앞에 서서 몸을 날렸다. 공부 대신 싸움으로 인정받는 일이 많아졌다. 싸움이 거듭될수록 겁도 없어졌다. 오히려 싸움을 하지 않으면 마음이 불안하고 초조했다. 빗나간 우리의 우정은 급기야 '다이너마이트'라는 폭력서클을 조직하는 것으로까지 발전되었다.

회원은 모두 일곱 명이었다. 나름대로 행동 강령도 만들었다. 조직의 훈(訓)은 정의와 의리였다. 우리는 하루가 멀다 하고 정의를 위해 투쟁했고 의리를 위해 싸웠다. 이때 우리가 정한 정의와 의리의 범위는 애매하기 그지없는 것이었다. 길을 걷다가 힘센 아이들이 약한 아이들을 괴롭히면 참지 못하고 힘센 아이들을 혼내주었다. 분명 정의의 실천이었다. 서클 회원 중에 누군가 집단 괴롭힘을 당하거나 맞고 오면 그 대상을 찾아가 혼내주었다. 그건 의리의 실천이었다. 폭력으로 얼룩진 싸움 자체가 정의에 위배된다는 사실을 자각하기에 우리는 너무 젊고 혈기만 가득했다.

다른 학교 학생, 혹은 다른 서클과의 싸움도 종종 부딪쳤던 우리 일과 가운데 하나였다. 고등학교 2학년 1학기가 되면서 우리는 드디어 큰 사고를 치고 말았다. 조직원 중 한 명이 길을 가다가 다른 학교 학생과 시비를 벌이게 된 것이다. 두 학생은 서로 자신이 속한 서클의 이름을 대며 겁을 주었고, 그 와중에서 서클 대 서클의 결투가 추진되었다.

작은 시비 끝에 벌어진 가벼운 말장난은 돌이킬 수 없는 결과를 가져왔다. 결투 장소는 동네 야산으로 정해졌다. 우리는 늦은 저녁을 택해 야산 공터로 올라갔다. 시간이 되자 다른 서클 아이들도 나타났다. 일곱 명 대 여덟 명, 숫자도 비슷했다. 우리는 기선을 제압하기 위해 선제공격을 하기로 미리 입을 맞추었다.

"어떤 놈들이 겁도 없이 결투를 신청하냐?"

저쪽에서 대장으로 보이는 떡대 하나가 앞으로 썩 나섰다. 짧은 스포츠머리에 인상 또한 고약하게 생긴 놈이었다. 나는 녀석을 보는 순간 기분이 몹시 나빠졌다.

"우리는 다이너마이트다, 너희들은 누구냐?"

나는 눈을 가늘게 뜨고 물었다. 그러자 떡대가 배를 잡고 웃기 시작했다.

"뭐, 다이너마이트? 야, 애들 이름 좀 봐라, 너네가 다이너마이트면 우린 핵폭탄이다!"

사람 이름도 그렇지만 이름을 가지고 시비하는 건 비겁한 일이었다.

"그렇다면 네놈들의 잘난 이름은 뭐냐?"

치미는 화를 꾹 참고 물었다. 서로의 서클 이름을 교환하는 건 그 세계의 룰이자 일종의 신사도였다. 그런데 녀석의 말이 가관이었다.

"우린 그 이름도 유명한 중앙통 '바람의 전설' 이다."

"뭐? 바람의 전설?"

우리는 우리대로 배꼽을 잡고 웃었다. 중앙통 바람의 전설이라면 번화가 극장 주변을 기웃거리며 삥이나 뜯는 녀석들이 분명했기 때문이다. 질적으로 우리와 다른 놈들이었다. 나는 정의의 실천을 위해 놈들을 혼내주기로 했다.

"어디, 그 잘난 전설 이야기나 들어볼까?"

우리는 웃기를 멈추고 제각각 상대편을 향해 몸을 날렸다.

갑작스런 공격에 녀석들은 잠시 주춤했다. 그러나 녀석들 또한 우리에 버금가는 불량 학생들이었다. 이내 전열을 가다듬더니 마주 공격을 감행했다. 곧 이리 치고 저리 받는 싸움이 벌어졌다. 나는 싸움이 시작됨과 동시에 떡대를 향해 달려갔고, 몇 번 치고받다가 녀석을 넘어뜨렸다. 코피가 터지고 이빨이 부러지는 녀석도 있었다.

별 이유 없이 젊은 혈기 하나로 싸움질을 벌이고 있을 때였다.

"이놈들, 멈추지 못해!"

짧은 외침 소리와 함께 어디선가 호각 소리가 들렸다. 산행을 하던 등산객이 경찰에 신고를 한 모양이었다. 제복을 입은 경찰들이 숨을 헐떡이며 뛰어올라왔다.

"앗, 경찰이다."

우리는 싸움을 멈추고 가방을 챙겨 들었다. 그때는 이미 적도 아군도 없었다. 방금 전까지 치고받던 녀석들이 한데 뒤섞여 좁은 오솔길로 달아나기 시작했다.

그런데 뒤로 처졌던 다른 서클 학생이 그만 발을 헛디뎌 넘어지고 말았다. 꼼짝없이 경찰에 붙잡힌 그는 우리 학교 이름과 서클 이름을 대고 말았다.

다음날 학교는 발칵 뒤집혔다. 단순한 싸움이었다면 간단히 징계만 받고 끝날 일이었다. 그러나 서클 대 서클의 싸움이라 일이 커졌다. 당시만 해도 학생들이 조직한 서클을 순수한 의도로 생각하는 사람은 많지 않았다. 서클 하면 대부분 범죄 단체의 하부 단계로 보기 일쑤였다. 우리가 조직했던 서클 '다이너마이트'는 만천하에 노출되었고, 서클을 이끌었던 내게는 퇴학 결정이 내려졌다. 뇌관이 풀리고 다이너마이트가 허무하게 와해되는 순간이었다.

퇴학 결정이 내려지자 정신이 번쩍 들었다. 고향에서 고생하시는 부모님이 떠올랐다. 화장품 공장에 들어가 밤샘 작업을 할 때 내게 배워야 한다고 충고했던 종구형 얼굴도 떠올랐다. 그런데 나는 지금까지 무엇을 했단 말인가. 뒤늦게 후회했지만 이미 때는 늦어 있었다.

나는 선생님을 찾아가 진심으로 용서를 빌었다. 내 진심이 통했는지 퇴학 대신 전학 결정이 내려졌다.

그런 우여곡절을 겪으며 나는 고향과 가까운 천안공고로 전학을 갔다. 뒤늦게 공부에 매달리자 성적이 쑥쑥 올랐다. 3학년이 되었을 때, 나는 뜻하지 않게 반장에 선출됐다. 극구 사양했지만 친구들은 물론 담임선생님까지 내가 반장이 되기를 원했다. 무슨 일이 생기면 적극적으로 의견을 내고 친구들을 이끌었기 때문에 신뢰를 얻은 모양이었다. 왕따 당하지 않으면 다행인 타학교 전학생에겐 과분한 일이었다.

그래도 삶은 계속되고

—

편두통! 그래, 네가 이기나 내가 이기나 한번 해보자!

고등학교를 무사히 마쳤지만 내겐 그 흔한 자격증 하나 없었다. 1, 2학년 동안 공부를 하지 않았으니 당연한 일이다. 공업고등학교이기 때문에 자격증만 제대로 땄어도 취업은 어렵지 않은 상황이었다. 뒤늦게 마음을 잡고 고등학교를 졸업한 것만도 다행스러워해야 할 판이었다.

형편이 어려웠으니 대학은 꿈도 꿀 수 없었다. 결국 내가 선택할 수 있는 길은 하나밖에 없었다. 어차피 가야 할 군대를 빨리 갔다 오는 것이었다. 나머지 일들은 그 이후에 생각하기로 하자, 결정은 했지만 걱정이 전혀 없는 것은 아니었다. 가난한 살림에 학비도 제때 내지 못하는 동생들을 셋이나 두고 군대부터 가려니 마음이 아팠다. 내가 직장을 잡고 돈을 번다면 세 동생 학비쯤이야 얼마든지 벌 수 있을 텐데.

그러나 망설이고 미적거리는 것은 내 성격에 맞지 않았다. 한번 결정이 서면 그대로 나아가는 것이다. 1980년, 고등학교를 졸업한 후 바로 군에 지원해 전투경찰로 입대했다. 군대 생활은 그렇게 어렵지 않았다. 워낙 운동을 좋아했기 때문에 남들이 힘들다는 훈련도 내겐 재미있는 일과에 불과했다. 하루 세 끼 잘 먹여주고 운동까지 시켜주니 더없이 좋았다. 더구나 고참이 되면 짬을 내서 공부도 할 수 있을 것이다.

그러나 몇 개월 뒤, 나는 뜻하지 않은 복병을 만나고 말았다. 이유 없이 두통에 시달리기 시작한 것이다. 처음에는 한 달에 한두 번 생길 뿐이어서 대수롭지 않게 생각했다. 그러나 시간이 지날수록 심해졌다. 두통은 일주일에 한 번씩 어김없이 나를 찾아왔고, 급기야 이삼일에 한 번씩으로 간격이 좁혀졌다.

두통을 겪어본 사람이라면 그 고통을 알 수 있을 것이다. 머리 한쪽 구석에서 작은 씨앗처럼 자라기 시작한 두통은 점차 머리 전체로 퍼진다. 대여섯 시간이 지나면 머리 전체가 흔들릴 정도로 통증이 격심해진다. 속이 매스꺼워지는 것은 물론이고 정신이 혼미해지는 날도 있었다.

하지만 나는 국방의 의무를 수행하는 군인이었다. 머리가 아프다고 해서 내 임무를 게을리 할 수는 없었다. 또 두통 정도는 꾀병으로 치부되어 제대로 치료를 받을 길이 막막했다. 약에 기대는 방법밖에 없었다. 나는 미리 두통약을 준비했다가 머리가 아플 때마다 한 알씩 먹기 시작했다.

두통은 특히 밤에 심했다. 두통약을 먹지 않으면 잠들지 못했다. 일시적인 효과는 있었지만 날이 갈수록 알약의 개수를 늘려야 했다. 한 알이 두 알이 되고, 두 알이 세 알이 되었다. 점점 강하게 약을 써야 통증이 완화되었다. 나도 모르게 멍하게 앉아 있는 시간이 많아졌다. 몸과 마음이 붕 뜬 듯 분리되는 느낌을 자주 받았다.

그러던 어느 날, 아침 구보 시간이었다. 구보 중에 자꾸만 발이 허방을 딛는 느낌이었다. 아침부터 시작된 통증에 뒷골이 지근거리던 순간이었다. 구보가 끝날 무렵, 급기야 나는 땅에 쓰러지고 말았다. 연병장이 가물거리며 하얗게 뒤집혔다. 동료들이 재빨리 나를 부축해 인근 병원으로 옮겼다. 치료를 받았지만 별다른 이상이 발견되지 않았다.

그날 저녁이었다. 나는 다시 고통에 시달리며 잠을 청하려 애썼다. 전우들의 코 고는 소리가 고요히 울렸다. 불침번이 홀로 복도를 왔다갔다했다. 하지만 나는 쉽게 잠들 수 없었다. 머리 통증은 점점 격해만 갔다. 두통약 다섯 알을 한 번에 입안으로 털어 넣은 뒤에야 겨우 잠들 수 있었다.

며칠 뒤, 보다 못한 고참 하나가 나를 데리고 병원으로 갔다. 신경외과에 갔더니 간질이 의심된다며 큰 병원으로 가보라는 소견을 주었다. 충남대 병원으로 가서 정밀검사를 했다. 고참은 의사에게 내가 밤마다 행한 행동을 자세히 일러주었다. 뇌파 검사를 하더니 역시 간질 증세가 있다고 했다. 의사는 당장 약을 줄이라고 충고했다. 약 중독이 뇌에 일시적으로 영향을 미쳤을 수 있다는 것이었다. 그러면서 약보다는 원인을 찾아 치료하라는 충고를 해주었다.

부대로 돌아온 나는 두통의 원인이 무엇인지 곰곰이 생각해 보았다. 신병 초기의 '막연한 불안감이 그런 병을 만들지 않았나' 하는 생각이 들었다. 또 지나친 집안 걱정도 내 머리를 늘 무겁게 했다. 그러나 무엇보다 중요한 건 당장 약을 끊는 일이었다.

약을 끊는 일은 쉽지 않았다. 두통약을 끊자 당장 금단 현상이 왔다. 머리도 그 전보다 더 아픈 것 같았다. 상황은 아무것도 할 수 없을 정도로 심각했다. 다시 약을 먹기 시작했다. 그러나 횟수와 약의 수량을 줄였다. 두 달 정도 지났을 때, 나는 약을 완전히 먹지 않아도 될 만큼 증세가 좋아졌다. 자포자기 상태에서 약에 의지한 것이 자꾸 병을 키웠던 모양이었다.

나는 마음을 편하게 갖는 게 중요하다고 생각했다. 불안함도, 걱정도 모두가 마음에서 비롯된 문제였다. 불안해 한다고 해서, 걱정한다고 해서 해결될 일은 아무것도 없었다. 두통에 굴복할 수 없다는 오기가 생겼다. 나는 낙천적인 성격으로 스스로를 바꾸어 나갔다. 두통이 없을 때는 혹시 두통이 오지 않을까 걱정이 앞섰다. 마음을 바꾼 이후에는 '와도 얼마든지 견딜 수 있다', '곧 괜찮아질 것이다' 하고 긍정적으로 태도를 바꾸었다. '두통은 누구에게나 올 수 있는 질병일 뿐이다, 두통을 잡아두고 있는 것은 내 마음일 뿐이다' 라고 생각하면서 마음을 다잡았다.

이때 누구보다 큰 힘이 돼 준 사람은 여동생 신영이었다. 나보다 한 살 어린 신영인 그때 막 고교를 졸업하고 경기도 오산에 있는 한 음향 기기 회사에 취직해 있었다.

당시 동생의 한 달 월급은 12만 원이었다. 동생은 그 중 9만 원을 집으로 보냈다. 밥값이나 최소한의 쓸 돈을 제외하면 사실상 개인 용돈은 한 푼도 없는 셈이었다. 그 정도로 동생은 악착 같은 아이였다. 동생은 당시 이를 심하게 앓았는데, 몇만 원이 아까워 치과를 가지 않을 정도였다. 가끔씩 통화를 하게 되면 이가 아프다며 혼자 투덜거리다가 이내 밝게 웃었다.

고생하는 신영이 생각을 하면 늘 마음이 아팠다. 내가 할 일을 동생이 하고 있으니 미안하기도 하고 고맙기도 했다. 빨리 제대를 해 신영이 역할을 대신하고 싶었다.

여동생 신영이 면회를 온 것은 그 해 가을이었다.

신영과 나는 고란사를 찾았다. 고란사는 읍내 안에 있어서 전에도 종종 찾았던 곳이다.

우리는 부소산성에 올라 유유히 흐르는 백마강을 바라보았다. 저만치 해가 지고 있었다. 노을이 들판 너머를 붉게 물들였다.

"오빠, 몸은 어때?"

동생이 물었다. 동생은 편지를 통해 내가 겪고 있는 아픔을 잘 알고 있었다.

"이제, 괜찮아."

나는 의젓하게 동생을 안심시켰다. 우리는 낙화암으로 걸어갔다.

"여기만 오면 나는 참 마음이 슬퍼."

동생이 절벽 아래를 내려다보며 물었다.

"오빠, 여기서 정말로 궁녀들이 꽃처럼 날았을까?"

"글쎄……."

"하늘을 훨훨 날고 싶어."

동생이 멀리 강 건너편을 바라보며 말했다. 어쩌면 자신의 비극적인 운명을 예감한 말이었는지도 모른다. 동생의 꿈은 스튜어디스였다. 비행기를 타고 세계 곳곳을 누비고 싶다고 입버릇처럼 말하곤 했다.

우리는 고란사로 내려가 고란약수를 마셨다. 고란사는 단애 아래, 백마강 가에 위치한 오래된 절이었다.

어둠에 낮게 내려앉을 무렵, 나는 동생을 버스 터미널까지 바래다주었다.

"오빠, 힘내!"

동생은 버스에 오르며 주먹을 불끈 쥐어 보였다. 힘을 내야 할 사람은 오히려 신영이었다. 직장으로 돌아가 또다시 야근에 특근을 일삼으며 동생들 뒷바라지를 위해 땀을 흘려야 했기 때문이다.

"오빠 곧 제대한다! 그때까지만 고생하는 거다."

떠나는 버스를 향해 나는 힘껏 외쳤다.

그러나 운명은 애꿎었다. 그날의 이별이 우리 남매가 살아서 만나는 마지막 날이 되었기 때문이다.

누이의 죽음과 아버지의 가출

—

아버지는 달랑 편지 세 줄만 남긴 채 어디론가 모습을 감췄다

군대를 제대한 나는 자격증 시험과 취업 준비로 분주한 나날을 보냈다. 83년 여름의 일이었다. 그런데 그 해가 다 가기도 전에 청천벽력 같은 소식이 날아들었다. 여동생 신영이가 연탄가스 중독으로 숨을 거두었다는 얘기였다.

'신영이가 죽다니?'

처음 그 소식을 듣는 순간 나는 농담이라고 생각했다. 도저히 믿을 수 없는 소식이었다. 바로 몇 달 전까지만 해도 신영이는 살아서 나와 눈을 마주치지 않았는가. 가족을 위해 험한 고생을 마다 않던 신영이가 그대로 죽을 수는 없는 노릇이었다.

나는 설마 하는 마음으로 병원을 향해 달려갔다. 그러나 웃으며 나를 반겨야 할 신영이는 차가운 관 속에 누워 있었다.

나는 한동안 멍한 얼굴로 서 있었다. 꿈을 꾸고 있다는 생각이 들었다. 그러나 그건 분명 현실이었다. 아무리 소리쳐 불러도 신영이는 대답이 없었다. 나는 정말 미칠 것만 같았다. 차라리 미칠 수만 있다면 그렇게 하고 싶었다. 금방이라도 신영이가 살아서 눈을 뜨고 일어설 것만 같았다.

"신영아, 신영아, 신영아……."

나는 처절하게 절규했다. 본디 슬픔은 아무런 모양이 없었다. 격렬한 파도처럼, 언젠가 앓았던 두통처럼, 끝없이 내 몸을 쓸고 지나갔다. 너무도 처절한 고통이었다.

육신이 마디마디 부러지는 고통 속에서 나는 그렇게 동생을 떠나보냈다. 향을 피우고 꽃 몇 송이를 쥐어주며 동생의 영혼을 달래줄 수밖에 달리 할 일이 없었다. 아니, 다른 것은 아무것도 생각할 수 없었다.

신영이가 저 세상으로 떠난 날은 초저녁부터 많은 비가 내렸다. 그날도 동생은 야근을 마치고 자취방으로 돌아왔으리라. 동생은 평소대로 연탄불을 갈고 피곤한 몸을 눕혔다. 그러나 그것이 영영 마지막이었다. 빗소리에 묻혀 동생은 비명도 지르지 못하고 숨을 거두었다. 얼마나 무섭고 고통스러웠으면 눈도 못 감은 채 잠들었을까.

상여가 나가는 날 아침, 전국엔 많은 눈이 내렸다. 첫눈이었다. 신영이는 눈을 무척이나 좋아했던 아이였다. 그래서 해마다 첫눈을 손꼽아 기다리곤 했는데, 죽음으로 그 눈을 맞은 것이다.

동생을 실은 영구차는 차가운 눈길을 달려 화장터로 향했다. 바라다보이는 산과 들이 모두 하얀색이었다. 들판 어딘가에서 동생이 손을 흔들고 있는 것만 같았다. 더는 흐느껴 슬퍼할 울음도 남아 있지 않았다. 가족들을 위해 졸린 눈을 비비며 일에 몰두했을 그 작은 손, 작은 육신은 결국 한 줌 재가 되고 말았다. 너무도 허무한 삶이었다.

"여기만 오면 나는 참 마음이 슬퍼."

함께 낙화암에 올랐던 일이 생각났다. 나는 머리를 세차게 흔들었다.

그때 신영이와 나누었던 얘기들이 귓가에 맴돌았다.

"오빠, 여기서 정말로 궁녀들이 꽃처럼 날았을까?"

"글쎄……."

"하늘을 훨훨 날고 싶어."

불현듯 군대에 있을 때 보았던 나비떼가 떠올랐다. 춤추듯 막사 주변을 돌며 나를 유혹했던 나비떼처럼 동생도 나비떼를 좇아 멀리 떠나버린 게 아닐까.

그날 이후, 집안은 발칵 뒤집혔다.

충격의 여파는 다른 곳으로 미쳤다. 아버지가 갑자기 집을 나가버린 것이다. 건축일을 업으로 삼아오던 아버지는 그동안 안 쓰고 모은 돈으로 자그마한 사업을 시작했던 터였다. 그러나 사업은 곧 실패하고 말았다. 사업 실패와 딸의 죽음이 겹치자 충격을 받고 내처 집을 나간 것이다.

모든 게 못난 내 탓이다.

언젠가 돈을 벌어와 가족을 행복하게 해 주겠다.

찾지 말고 기다리지도 마라.

아버지는 달랑 편지 세 줄만 남긴 채 어디론가 모습을 감췄다. 아버지는 신영의 죽음을 자신 탓으로 돌리고 있었다. 가족들 모두 슬픔에 잠겨 있던 시기여서 누구도 아버지의 고통을 제대로 챙길 여력이 되지 못했다.

나 역시 큰 충격에 빠져 방황을 계속했다. 나는 술을 마시는 것으로 세월을 허송했다. 공부나 취직 계획은 뒷전이었다. 열심히 노력해도 신이 외면할 수 있다는 사실을 신영이를 통해 뼈저리게 깨달았다. 운 좋은 놈들은 성공하고, 그렇지 못하면 아무리 노력해도 가난을 벗어나지 못하는 게 서민들의 삶이었다. 나는 그런 삶을 증오했다. 노력이라는 말을 저주했으며 희망이라는 말도 믿지 않았다.

유일한 벗은 술이었다. 술은 친구이자 희망이었다. 술이 들어가면 어느 정도 괴로움이 달아났다. 그러다가 술이 깨면 다시 괴로움이 몰려왔다. 그러면 또 술을 마셨다. 건달과 다름없는 삶이었다. 그런 일은 이듬해까지 반복됐다.

하지만 언제까지 그렇게 지낼 수는 없었다. 마침내 나는 한 가지 결심을 하기에 이르렀다. 그것은 해외로 나가는 일이었다. 해외로 나가면 돈도 벌 수 있고, 동생에 대한 기억도 어느 정도 잊을 수 있을 것 같았다.

그러나 뜻밖의 일이 발생해 해외 취업에 제동이 걸렸다. 어느 날처럼 친구들과 술잔을 기울이고 있을 때였다. 밖으로 나갔던 친구 하나가 술에 취해 지나가는 택시를 손으로 치고 말았다. 운전사와 싸움이 벌어졌고 경찰이 들이닥쳤다. 경찰은 그 자리에 있던 친구들 모두를 관련자로 몰아세웠다. 싸움을 뜯어말린 일밖에 없는데 생각할수록 억울한 일이었다.

합의를 하고 보상을 했으면 될 일인데 자꾸 시일만 흘러갔다. 혐의자 신분이 되어 해외 취업의 길까지 막히고 말았다.

겨우 정신을 차리고 보니 이미 1년이나 세월을 썩힌 뒤였다. 그때서야 집을 나간 아버지 생각이 났다. 백방으로 찾아보았지만 아버지의 흔적은 찾을 수 없었다. 남은 두 동생은 아직 학생 신분이었고, 어머니는 건강이 좋지 못했다. 그나마 집안에서 온전한 사람은 나밖에 없었다.

결국 나는 취업을 하기로 마음을 굳혔다.

3
장

봉제공장 청년의 끝없는 도전

84년 겨울, 봉천동

누이를 닮은 여자

여보, 큰일 났어요!

나도 안정된 직장을 갖고 싶다

꿈에 그리던 공무원 생활, 그러나…

84년 겨울, 봉천동

—

"사장님, 수출도 중요하고 회사 매출도 중요하지만 직원들 생각도 해 주십시오."

1984년 겨울, 나는 마침내 서울로 올라왔다. 스물다섯 살 되던 해였다. 처음 발을 디딘 곳은 봉천동에 위치한 한 의류회사였다. 먼 친척뻘 되는 아저씨가 운영하던 작은 중소기업이었다. 정문을 들어서며 중학교를 졸업하고 들어갔던 화장품 공장을 떠올렸다. 나는 무슨 일이든 열심히 배워 꼭 성공하겠다고 이를 악물었다.

그곳은 니트를 제조해 외국에 수출하는 회사였다. 쉽게 말하자면 옷을 만드는 공장이었다. 옷 만드는 일은 잔손질이 참 많이 갔다. 제품을 디자인하는 부서가 있고, 재단하는 재단부가 있고, 그것을 재봉질하고 포장하는 부서가 있었다. 공장은 늘 소란스러웠다.

가장 일이 많은 곳은 재봉질을 하는 부서였다. 긴 라인을 따라 재봉틀이 일렬로 늘어서 있고 재봉틀마다 내 또래의 여공들이 붙어 앉아 하루에도 열몇 시간씩 쉬지 않고 재봉틀을 밟았다. 재봉질에도 순서가 있어서 처음 엉성한 천 조각으로 출발했던 일감은 라인을 지날 때마다 점차 완성된 옷으로 변했다. 이렇게 완성된 일감에 단추를 박거나 주머니를 붙이는 작업을 한 뒤 품질 검사를 거쳐 포장하는 것이다.

내가 배속된 곳은 포장부였다. 검사를 거쳐 완성된 제품에 폴리백을

씌우고 사이즈나 색깔별로 박스에 넣어 단단하게 테이프로 마감하는 작업이다. 박스에 넣어진 제품은 큰 트럭에 실려 부두나 공항으로 운송됐다.

월급은 기본급과 일당이 합쳐진 형태로 지급되었다. 몇만 원의 기본급에 그날그날 일당을 합해 월급이 계산된 것이다. 옷 한 벌을 최종 검사하고 포장하는 데 시간당 40원씩이었다. 옷을 마지막으로 점검하는 작업이므로 속도가 매우 느렸다. 하루 종일 일해도 몇천 원을 넘지 못했다. 이렇게 한 달을 모으면 월급과 함께 15만 원가량의 돈을 만질 수 있었다. 몸이 아파 일을 쉬거나 야근, 특근을 빠지면 그나마 10만 원도 제대로 만지지 못했다.

능률제 월급 방식은 허울만 좋았지 사람을 잠시도 쉬지 못하게 했다. 일이 밀리거나 납기일이 다가오면 거의 반 강제로 야근을 일삼았다. 어떤 때는 날을 꼬박 새워 일하고 잠시 눈을 붙인 뒤 작업장에 투입되었다. 관리자들은 시간이 날 때마다 수출로 인해 나라 경제가 살고 국위 선양을 하고 있으니 자부심을 가지라고 했다. 그러나 자부심을 갖기엔 너무도 과한 노동이었고 대가라고 해봤자 초라한 월급이 주어질 뿐이었다.

그런 가운데에도 여자 미싱사들은 30만 원 이상을 받았다. 그들에겐 미싱 기술이 있었기 때문이다. 30만 원이 결코 큰 액수라고는 할 수 없지만 내가 버는 15만 원과는 하늘과 땅 차이였다. 노동은 같이 하는데 월급에 이렇게 차이가 나니 부당하다는 생각이 들었다. 그렇다고 여자 미싱사가 넘치는 판국에 미싱을 배울 수도 없는 노릇이었다.

결국 내가 할 수 있는 일은 포장반에서 반복 작업을 하는 것밖에 없었다. 생각할수록 암담했다. 비전은 전혀 보이지 않았다. 기술을 배울 수 있는 기회도 주어지지 않았다.

또래의 직공들은 일이 힘들었기 때문에 툭하면 회사를 그만두었다. 1년 정도 일하자 나는 포장반에서 리더가 되었다. 단순작업장에서 리더가 된 것만큼 머쓱한 것도 없었다. 특별히 후배들에게 특별히 가르쳐야 될 기술도 해 줄 말도 없었다. 그저 부지런히 저축을 하라는 충고를 할 수 있을 뿐이었다.

불만이 쌓이자 나는 점차 그것을 행동으로 드러내기 시작했다. 일을 하면서 꾀를 피우거나 요령을 부린 적은 결코 없었다. 하지만 부당한 일을 참는 데는 한계가 있었다.

그러던 어느 날, 포장반 신참 하나가 과로로 쓰러지는 일이 발생했다. 3일 연속 야근을 한 뒤였다. 나는 화가 머리끝까지 치밀어 사장실로 달려갔다.

"사장님, 수출도 중요하고 회사 매출도 중요하지만 직원들 생각도 해 주십시오."

그러자 사장은 오히려 성을 냈다.

"납기일 못 맞추면 네가 책임질래?"

물론 회사 입장을 이해하지 못하는 것은 아니었다. 수출이라고 해봤자 원자재나 물류비가 비싸 썩 남는 장사도 아니었을 것이다. 그렇다고는 해도 회사 사장으로서 할 소리는 아니었다.

"돈도 중요하지만 그보다 더 중요한 게 사람입니다."

나는 사장을 쳐다보며 천천히 말했다.

따스한 위로의 말 한마디라도 들었다면 나는 순순히 물러 나왔을 것이다. 그러나 직원들이야 어찌 되든 안중에도 없는 사장의 태도에 화가 치밀어 말대꾸를 하고 만 것이다.

"뭐가 어째?"

사장은 주먹으로 책상을 쾅 내리쳤다. 나는 나대로 문을 밀치고 나와 버렸다.

포장반으로 돌아오니 직원들은 내 눈치만 살폈다. 그날도 야근이어서 벌써 밤 10시가 넘은 시간이었다. 나는 피곤에 지친 직원들에게 소리쳤다.

"모두 퇴근해도 좋다. 뒷일은 내가 책임진다."

직원들은 환호성을 질렀다.

"정말 괜찮겠습니까?"

"걱정하지 말래도. 아무리 일이 중요해도 잠은 자고 해야 될 것 아냐."

나는 내 마음대로 직원들을 모두 퇴근시켰다. 사장은 머리끝까지 화가 치밀어 포장반으로 달려왔다. 그러나 조목조목 따지는 내 앞에서 화만 낼 뿐 달리 방안을 제시하지 못했다. 그런 일은 이후에도 가끔씩 계속됐다. 급기야 사장은 직원을 더 뽑고 야근 일수를 조절하는 선으로 후퇴해 직원들의 작업량을 줄여주었다.

그러나 그것은 일시적인 방편에 불과했다. 사장은 이를 갈며 사사건 건 내게 복수할 기회만을 엿보았다. 그리고 그 기회는 오래지 않아 만들어졌다.

문제를 일으킨 직원은 이제 막 입사한 포장반 신참 영수였다. 영수는 단추가 뒤집힌 채 박힌 옷을 스무 벌이나 그냥 포장해 박스에 밀봉했다. 단추의 앞뒤를 구분하지 못해 벌어진 실수였다. 포장된 옷은 그대로 수출되었고 현지에서 바이어에 의해 발견되었다.

회사는 발칵 뒤집혔다. 사장은 실수한 직원을 당장 불러오라고 고래고래 소리쳤다. 영수는 한쪽 구석에서 어찌할 바를 몰라 몸을 떨고 있었다. 포장반 직원들은 간담이 서늘해져 아무도 선뜻 나서지 못했다.

"영수야, 너무 걱정하지 마라."

나는 영수를 위로했다. 따지고 보면 일을 제대로 감독하지 못한 내 책임도 컸다. 나는 마음을 굳게 먹고 사장을 찾아갔다.

"누구야, 불량 낸 놈이? 너야?"

평소 마음에 들지 않던 내가 나타나자 사장은 더욱 화가 치미는 모양이었다. 거래처 사람들에게 본보기를 보이고자 일부러 그랬는지도 모를 일이었다.

"네, 제가 그랬습니다."

나는 누가 되든 한바탕 혼날 상황이었기에 순순히 대답했다.

"뭐야? 너 이 자식 잘 걸렸다!"

사장은 책상에 놓인 휴지를 나를 향해 집어던졌다.

"너, 우리 회사 망치려고 일부러 작정했지? 윗사람도 몰라보고 바락바락 대든다 했더니 이거 영 싹수가 노란 놈이었구먼!"

사장은 미친 사람처럼 길길이 날뛰었다.

"무슨 말씀을 그렇게 하십니까? 직원들 생각도 좀 해가면서 불량 탓을 하십시오."

나는 고개를 들고 사장을 노려보았다.

쥐꼬리만한 월급에 야근이다 뭐다 하루 14시간 이상 직원을 혹사시키는 마당이라 불량이 날 수밖에 없는 현실이었다. 사장은 현실을 직시하고 직원들에게 따스한 말 한마디 건네기는커녕 이런 일이 벌어질 때마다 화를 앞세웠던 것이다.

"아니, 이 자식이 어디서 눈을 부라리는 거야? 당장 나가지 못해? 넌 해고야!"

사장은 당황한 얼굴로 욕설을 퍼부었다. 더 듣고 있을 수 없었다.

"나가라면 누가 못 나갈 줄 아십니까?"

나는 그대로 문을 걷어차고 밖으로 나와 버렸다. 회사를 그만둘지언정 직원들 생각은 하지 않고 탓만 하는 사장과 더는 같이 일을 할 수 없었다. 나는 그대로 회사 정문을 향해 달렸다. 저만치 보름달이 환했다. 나는 한동안 달을 바라보며 생각에 잠겼다. 열심히 일해서 돈을 벌겠다고 서울에 오지 않았는가. 그런데 지금 내 꼴이 뭐란 말인가.

그렇게 나오긴 했지만 마음이 영 편치 않았다. 나는 근처 단골 슈퍼를 찾아가 술을 마시기 시작했다. 서울로 올라오며 입에도 대지 않았던 술이었다. 마음이 괴로워 견딜 수 없었다. 술에 취해 비틀거리며 다시 포장반으로 돌아왔다.

다음날 사장을 만나 뵙고 어제의 일을 사과했다. 지난번과 달리 진심으로 하는 사과였다. 중요한 납품이 불량을 받았으니 사장 역시 속이 상했을 것이다. 사장은 직원들 마음을 헤아리지 못했고, 나 역시 사장 마음을 제대로 헤아리지 못해 벌어진 결과였다.

며칠 뒤 사표를 냈고 사장은 잡지 않았다. 나는 가방 속에 옷가지 몇 벌을 챙겨 넣고 거리로 나섰다. 서울로 상경한 지 2년째 접어들던 해였다.

사람들은 모두 바삐 어디론가 걸어갔다. 그러나 나는 갈 곳이 없었다. 가야 할 목적지가 있다는 게 행복한 일이라는 걸 처음 생각했다. 나는 서울역으로, 남산으로, 여의도로 종일 쏘다녔다. 그러는 사이 날이 저물었다. 거리엔 네온이 휘황찬란했다. 불빛 한가운데 서서 나는 힘없이 중얼거렸다.

"이제 어디로 가야 할 것인가……."

누이를 닮은 여자

—

지금도 그렇지만 나는 사람과 사람 사이의 만남에는 분명 우리가 알 수 없는 어떤 힘이 작용한다고 믿는다. 하물며 남녀 관계에서는 더욱 그렇다.

장안동으로 직장을 옮긴 건 그로부터 며칠 뒤였다. 역시 의류를 제조해 수출하는 회사였다. 이번에는 조건이 아주 좋았다. 포장반에서 일한 경력이 인정되어 월급도 30만 원으로 올랐다. 15만 원을 벌며 일하는 동안 비싼 사회생활 수업료를 낸 셈이었다.

월급이란 것이 얼마나 들쭉날쭉한 것인지 나는 그때 처음 깨달았다. 직장을 다니지 않을 때는 누이가 받는 10만 원, 13만 원이 그렇게 커 보일 수 없었다. 내가 직장을 잡고 나자 그 금액은 겨우 밥값이나 해결할 수 있는 돈이라는 걸 알게 되었다. 그 작은 제조회사에서도 직종과 기술에 따라 두 배, 세 배씩 급료 차이가 났다.

하지만 그건 아무것도 아니었다. 상황에 따라 몇백만 원, 몇천만 원을 버는 사람들도 있다는 걸 알게 된 건 그 이후의 일이었다. 자본주의 사회에서 어쩌면 당연한 경제 논리지만 당시에는 그런 일들이 참으로 모순처럼 느껴졌다.

흔히 노력한 만큼 대가가 주어진다고 말한다. 하지만 그 말은 잘못된 말이다. 자본주의 사회에서는 열심히 일한 만큼 대가가 주어지지 않는다. 포장반에서 하루 열몇 시간씩 노동을 해가며 뼈저리게 느낀 일이다. 열심히 노력하는 일도 중요하지만 더 중요한 것은 어떤 일을 어떻게 하느냐, 하는 점이다. 또 운도 따라야 한다.

새로 옮긴 직장에서 누구보다 열심히 일을 했다. 봉천동에서의 전철을 밟고 싶지 않았기 때문이다. 얼마 지나지 않아 나는 포장반 책임자가 되었다. 정식으로 책임자가 되고 보니 할 일이 많았다. 수동적인 자세에서 능동적인 자세로 노동에 임하게 되었다. 일은 고되고 힘들었지만 그럭저럭 보람을 느끼던 하루하루였다.

일이 없는 날은 책을 읽거나 운동을 하는 것으로 소일했다. 낯선 서울에 친구라고는 한 명도 없어 딱히 만날 사람도 없었다. 서울에 올라온 이후에도 꾸준히 아버지의 근황을 알아보았지만 소식을 들을 수 없었다.

마음이 답답할 때는 버스를 타고 서울역으로 가 남산에 올랐다. 타워는 언제 어디서 보아도 늘 그 자리에 우뚝 버티고 서 있었다. 남산타워에 오르면 시내 전체가 한눈에 내려다보였다. 그렇게 세상을 내려다보고 있으면 이상하게 기분이 좋아졌다. 산을 내려오다 보면 손을 잡고 걷는 연인들이 자주 목격되었다. 나는 처음으로 외롭다는 생각을 했다.

그런 내게도 사랑이 찾아왔다. 아니, 정확히 표현하면 내 쪽에서 일방적으로 반해 버린 사랑이었다. 지금도 그렇지만 나는 사람과 사람 사이의 만남에는 분명 우리가 알 수 없는 어떤 힘이 작용한다고 믿는다. 하물며 남녀 관계에서는 더욱 그렇다. 종교에서는 이런 걸 가지고 인연이나 업(業)이라고 말할지도 모르겠다. 사람을 만나다 보면 첫눈에 호감이 가고 끌리는 사람들이 있는데, 우연이라고 하기엔 설명할 수 없는 관계들이 종종 있다.

처음 그녀를 본 건 여자 기숙사 앞 뜰에서였다.

회사가 쉬는 일요일 오후였다. 평소에는 여자 기숙사 쪽으로 가 본 적이 없었는데, 그날은 무엇에 끌리듯 그 쪽으로 발길이 향해졌다. 아마도 목련 때문이었을 것이다. 여자 기숙사 앞마당엔 언제 심었는지 모를 목련 나무 한 그루가 서 있었다. 담장 너머로 보이는 흰 목련 송이에 정신이 빼앗겨 나도 모르게 발걸음을 옮겼다. 그러나 나는 마당으로 들어서지 못했다. 목련나무 아래 한 여자가 앉아 있었기 때문이다. 그녀는 하얗게 널린 빨래 밑에 앉아 책을 들여다보고 있었다. 바람이 불 때마다 흰 목련 송이들이 그녀의 주변으로 떨어졌다.

"어디서 보았더라?"

순간 나는 알 수 없는 기시감에 시달렸다. 분명 어디에선가 본 얼굴이었다. 창백한 얼굴에 긴 머리가 바람에 날렸다. 아무리 생각해도 떠오르는 인물은 없었다. 나는 담장 너머로 그녀를 흘끔거리다가 남자 기숙사로 돌아왔다.

그날 이후, 나는 그녀 생각에 빠져들었다. 일하는 중에도 자꾸만 그녀의 얼굴이 떠올랐다. 기숙사에 있는 것으로 보아 같은 회사 동료임이 분명했다. 어느 부서에서 일을 하는지 알아낼 수만 있다면……. 그런 생각으로 나는 까닭 없이 다른 부서들을 기웃거렸다.

다음주 일요일, 나는 어김없이 여자 기숙사 주변을 맴돌았다. 다행히 그녀를 다시 볼 수 있었다. 그녀는 빨래를 널고 지난번처럼 햇볕에 앉아 책을 읽었다. 일요일만 되면 기숙사 직원들은 썰물처럼 시내로 빠져나간다. 영화도 보고, 쇼핑도 하고, 그게 그들에겐 유일한 낙이었다. 하지만 그녀는 좀처럼 기숙사를 벗어나지 않았다. 다음주에도 그녀는 어김없이 기숙사에서 발견되었다.

마침내 나는 그녀가 수출 업무를 담당하는 부서에서 일한다는 걸 알게 되었다. 사무실이 달랐기 때문에 얼굴을 볼 기회가 없었던 것이다. 그녀의 이름과 부서를 알아낸 순간, 나는 묘하게 마음이 떨렸다. 그런 마음을 사랑이라고 하는 걸까? 그건 내가 태어나서 일찍이 가져보지 못한 야릇한 감정이었다.

하지만 여전히 지울 수 없는 숙제가 하나 있었다. 전에 어디선가 보았던 듯한 느낌, 그녀를 볼 때마다 드는 그 감정이었다.

그녀와 친해지기 위해서는 그녀에게 내 존재를 인식시켜야 했다. 나는 자꾸 이런저런 일을 만들어 그녀 가까이 접근했다. 식사시간이면 어김없이 그녀가 식사하는 시간을 골라 식당에 갔고, 몇 번 마주치면서 인사를 틀 수 있을 정도가 되었다.

그러던 중 서로 결정적으로 친해지게 된 사건이 발생했다. 무슨 일인가로 외출하고 돌아오던 일요일 저녁이었다. 버스에서 내려 기숙사로 돌아가던 나는 저만치 걷고 있는 낯익은 뒷모습을 발견했다. 틀림없는 그녀였다. 그녀는 집에라도 다녀오는 듯 무거운 짐을 들고 뒤뚱거리며 걷고 있는 게 아닌가.

나는 심호흡을 한 뒤 그녀에게 다가갔다.

"무거워 보이는군요. 이리 주세요."

나는 그녀가 대답하기도 전에 불쑥 짐을 거들었다.

"괜찮습니다……."

나를 알아본 그녀가 수줍은 듯 얼굴을 붉혔다.

“아휴. 이거 꽤 무겁군요. 근데 뭐가 들어서 이렇게 무겁습니까?”
“집에서 먹을 걸 좀 보내줬어요. 기숙사 직원들과 같이 먹으라고.”
그녀는 내용물에 대해서는 말하지 않았다.
“그렇군요. 택시라도 타고 올 일이지…….”
“택시를 타기엔 가까운 거리라서.”

돌아오는 길이 그렇게 짧게 느껴질 수 없었다. 그날 만남을 통해 그녀에 대해 어느 정도 알게 되었다. 그녀의 고향은 나와 같은 충청도였다. 서울에 결혼한 친언니가 살고 있어 다녀오는 길이라고 했다. 또 같은 회사에 그녀의 형부가 함께 근무하고 있었다.

그러나 그녀의 마음을 얻는 일은 쉽지 않았다. 그날 이후 나는 그녀에게 적극적으로 관심을 표했다. 그러나 그녀의 반응은 냉담했다. 문제는 회사 안에 퍼져 있는 나에 대한 이미지였다. 성격이 직선적이고 잘못된 걸 참지 못하는 나는 종종 회사 간부들과 부딪쳤다. 성격이 강하고 고집이 세다고 소문이 난 것이다.

내가 그녀에게 마음을 둔 걸 알자 사람들은 부정적인 시선을 보냈다. 나는 주변의 시선을 아랑곳하지 않았다. 그녀가 내 속을 알아주면 그만이었다. 나는 틈틈이 편지를 적어 그녀에게 주는 것으로 내 마음을 전했다. 복사용지 가득 편지를 적어 보내는가 하면, 각기 다른 엽서 20장을 사서 하나로 엮어 보내기도 했다.

선뜻 마음을 열지 않던 그녀도 내 진심을 알자 차츰 움직이기 시작했다. 우리는 주말이면 영화를 보러 가거나 공원에서 데이트했다. 그녀를 만나는 날이 늘어가면서 나는 묘한 느낌을 받곤 했다. 한없이 착하고 솔직한 그녀에게서 나는 그동안 잊고 있던 동생의 이미지를 발견했던 것이다.

여보, 큰일 났어요!

—

"여보, 큰일 났어요. 어서 일어나 보세요!"
아내의 목소리였다. 나는 졸린 눈을 비비며 가까스로 몸을 일으켰다. 사방은 칠흑같이 어두웠다. 바로 앞에서 소리치는 아내조차 보이지 않았다

1988년, 나는 3년 가까이 다니던 장안동 의류회사를 그만두었다. 88 서울올림픽 열기로 한창 전국이 뜨겁게 달아오르던 때였다.

그녀와 나의 사랑은 날이 갈수록 깊어갔다. 서로에게 신뢰가 쌓이면서 나는 제법 진지하게 가정을 꾸려야겠다고 생각했다. 혼자 지내는 것이 너무 외로웠다. 남들처럼 가정을 꾸리고 아이를 낳고, 그런 가운데 행복을 누리며 살고 싶었다.

가정을 꾸리기 위해서는 그만큼 더 열심히 일을 해야 했다. 의류회사 포장반 일은 한계가 있었다. 결국 나는 돈을 더 많이 벌 수 있는 일을 찾아 나서야 했다. 그렇게 해서 시작하게 된 것이 의류 아이롱 일이었다.

아이롱 작업이란 만들어진 옷의 구김을 스팀 다리미를 이용해 펴주

는 작업을 말한다. 원단을 잘라 박음질을 하는 동안 옷은 여기저기 구겨지기 마련이다. 검사를 마치고 포장하기 직전 그런 옷들을 다림질해주어야 했다. 스팀 다리미를 이용하면 구겨진 옷들이 거짓말처럼 곧게 펴졌다.

그러나 일은 쉽지 않았다. 하루 종일 서서 허리를 굽혔다 펴며 수백 벌의 옷을 다려야 하는 만만찮은 작업이었다. 체력을 요하는 작업이었으므로 아무나 쉽게 할 수 있는 일도 못 됐다. 체력이라면 누구보다 자신이 있었으므로 나는 회사를 옮겨 아이롱 일을 시작했다.

처음 받은 월급은 50만 원이었다. 15만 원을 받고 포장반에서 밤을 새울 때와 비교하면 몇 배나 많아진 액수였다. 몇 달 지나지 않아 월급은 60만 원이 되었다. 1년 후에는 70만 원까지 올라갔다.

1년이 지나자 어느 정도 돈이 모였다. 마침내 나는 그녀에게 청혼했다. 그녀는 내 손을 꼭 쥐어주는 것으로 청혼을 승낙했다. 며칠 뒤, 나는 그녀와 함께 처가로 내려가 결혼 승낙을 받았다. 자네의 성실함만 믿는다며 장인어른은 무겁게 고개를 끄덕였다.

그녀와 나는 좁은 장안동 지하방에 살림을 차렸다. 여름이면 습기가 차고, 낮에도 항상 불을 켜놓고 있어야 하는 그런 곳이었다. 그래도 나는 저녁이면 퇴근할 수 있는 내 집이 생겼다는 사실이 마냥 행복했다. 지하이긴 했지만 그런 건 문제되지 않았다. 우리는 젊었고, 언제고 지하를 벗어날 수 있다는 믿음과 희망이 있었다.

과거 어른들 어려웠던 얘기를 듣다보면 흔히 수저 한 세트, 이불 한 채로 결혼살림을 시작했다는 얘기를 많이 듣게 된다. 내 결혼 생활도 다를 바 없었다. 꼼꼼하고 절약정신이 몸에 밴 아내는 이불을 비롯해 혼수품 일체를 언니가 쓰던 것을 얻어왔다. 곤로 역시 쓰던 것을 얻어와 사용했다. 그야말로 몸만으로 시작한 결혼생활이었다.

대신 아내는 첫날 저녁 내게 통장 하나를 내밀었다. 혼수품을 장만하려고 모아 두었던 돈을 고스란히 통장에 넣어 온 것이다. 결혼을 하긴 했지만 우리 두 사람을 위해 쓸 돈은 없었다. 나는 나대로 얼마간의 돈을 고향에 보내야 했고, 아내 역시 마찬가지였다.

"힘들지만 조금만 참고 열심히 일합시다."

첫날 밤, 나는 아내를 안아주며 위로했다.

그러는 사이, 웃지 못할 에피소드도 있었다.

1989년 여름이었다. 초저녁부터 비가 내리고 천둥이 치기 시작했다. 그날도 나는 10시가 넘어서야 퇴근할 수 있었다. 온몸이 다 쑤시도록 피곤했다. 날씨가 습했기 때문인지 허리가 끊어지도록 아팠다. 저녁 늦게 돌아온 아내 역시 피곤해 하기는 마찬가지였다. 우리는 간단히 저녁을 먹고 서둘러 잠자리에 들었다. 연신 비가 뿌리고 있었지만 신경 쓸 겨를이 없었다. 우리가 누운 곳보다 높은 곳으로 자동차들이 차르르 물을 튀기며 지나갔다. 아내와 나는 누가 먼저랄 것도 없이 깊은 잠 속으로 빠져들었다. 그로부터 얼마나 지났을까. 정신없이 자고 있는 나를 누군가 흔들어 깨웠다.

"여보, 큰일 났어요. 어서 일어나 보세요!"

아내의 목소리였다. 나는 졸린 눈을 비비며 가까스로 몸을 일으켰다. 사방은 칠흑같이 어두웠다. 바로 앞에서 소리치는 아내조차 보이지 않았다.

"무슨 일이야? 불 좀 켜봐!"

아무래도 느낌이 이상했다.

"방바닥에 물이 있어요."

아내가 이상하다는 듯 외쳤다.

"수도가 샌 모양이군. 어서 불 좀 켜봐."

"그게 아닌가 봐요. 방에 물이 차서 계량기가 나갔어요. 어서 밖으로 나가야 해요."

"아니, 뭐라고?"

아내가 성냥불을 그었다. 짧은 순간 방안의 풍경이 히뜩 스치고 지나갔다. 나는 두 눈을 의심했다. 방 안은 온통 난장판이었다. 물은 이미 침대 모서리까지 올라온 상태였다. 티슈와 급하게 벗어 던진 양말 따위가 물에 둥둥 떠다녔다.

"나갑시다!"

나는 아내의 손목을 꼭 잡고 밖으로 나가는 계단을 찾았다. 다행히 비는 그친 상태였다. 밖은 밖대로 난리였다. 우리처럼 자다가 물벼락을 맞은 사람들이 하나둘 밖으로 빠져나왔다. 비가 올 때를 대비해 지상과 지하 계단 사이에는 5센티미터 남짓한 시멘트 턱이 설치돼 있었다. 갑자기 쏟아진 비로 인해 시멘트 턱 위로 빗물이 범람한 것이다.

"하마터면 죽을 뻔했군."

옆 집 사는 아저씨가 담배를 꺼내며 혼잣말을 했다. 그 순간에도 피곤에 지친 나는 잠을 청하고픈 생각뿐이었다. 별다른 살림이 없던 탓에 우리가 입은 피해는 크지 않았다. 벽지와 장판을 새로 하고 불을 넣어 방을 여러 날 말렸을 뿐이다.

그 일 이후, 지하에 살던 사람들은 대부분 방을 빼고 이사를 갔다. 성격이 낙천적이었던 아내와 나는 그런 일에 절망하지 않았다. 쉬는 날을 이용해 시멘트 턱을 높이고 가재도구 밑에는 일일이 벽돌을 받쳤다. 그 이후 비가 내려도 물이 들지 않았다.

나도 안정된 직장을 갖고 싶다

—

"신기야, 노량진에 가봐라. 거기 가면 자격증 시험에 대비하는 학원이 많다고 하더라. 그런데 가서 상담하다 보면 네가 필요로 하는 자격증을 발견할 수 있을 거야."

아이롱 일을 시작한 지 2년째 접어들 무렵이었다. 그즈음 자주 허리에 통증이 느껴졌다. 허리를 구부리고 계속해서 다리미를 놀렸기 때문에 생긴 통증이었다. 이후 대수롭지 않게 생각했던 통증은 일을 하는 데 지장을 줄 만큼 심해졌다. 한푼이라도 더 벌기 위해 잔업에 야근까지 스스로 도맡아 하는 와중에 무리가 간 모양이었다.

쉬는 날, 나는 한약방을 찾았다. 의사는 당장 일을 쉬라고 충고했다. 침을 맞자 어느 정도 통증이 완화되었다. 그러나 그때뿐이었다. 일을 시작하면 다시 통증이 엄습했다. 나중에는 다리미를 손에 들지 못할 정도가 되었다.

"아무래도 직업을 바꾸는 게 좋겠어요."

집으로 돌아온 저녁, 아내가 허리를 주무르며 말했다.

"글쎄, 내가 무엇을 할 수 있을까."

아내는 한숨을 내쉬었다.

"언제까지 힘든 아이롱 작업을 할 수는 없잖아요. 이제 당신도 평생 할 수 있는 일을 찾아봐요. 지금이야 그럭저럭 버틴다지만 아이들이라도 태어나 봐요."

물론 아내처럼 생각을 하지 않은 건 아니었다. 하지만 마땅히 할 일이 떠오르지 않았다. 직장을 옮긴다 해도 가진 거라곤 아이롱 기술밖에 없었다. 그 흔한 자격증 하나 없는 마당에 안정된 직장을 구하기는 더더욱 힘든 상황이었다.

"운전을 해볼까? 친구 중에 화물차 운전하는 놈이 있는데……"

"운전이라고 힘들지 않겠어요? 다른 걸 좀 더 알아보세요."

그건 아내의 지적이 옳았다. 운전도 험한 직업이기는 마찬가지였다. 아내가 나 때문에 매일 마음 졸일 일을 할 수는 없었다.

"시간을 두고 생각해 보세요. 섣불리 결정할 일도 아니고."

"그럽시다, 여보."

그날 이후, 나는 제법 심각하게 이직을 고민했다. 아내의 말대로 안정된 직장을 구하고 싶었다. 아이롱은 일도 힘들고 아무런 비전도 없었다. 중소기업은 쉽게 도산하는 경우가 많아 안정성도 떨어졌다. 월급도 천차만별이었고, 그나마 회사가 어려우면 몇 달씩 밀리기 일쑤였다. 그나마 임금을 줄여 보고자 중국으로 이전하는 회사가 많았다. 많은 사람들이 어려운 환경 속에서 일을 하고 있지만 그것을 하소연할 곳은 없었다. 아픈 몸도 몸이었지만 직업을 바꾸는 일은 가족의 미래를 위해서도 반드시 필요한 결정이었다.

'무엇을 해야 할까.'

고민에 잠겨 있을 때 퍼뜩 떠오르는 생각이 있었다.

'그렇다. 자격증을 따자!'

한창 이런저런 자격증 시험이 붐을 이룰 때였다. 정부나 기업도 정책을 바꾸어 자격증 가진 사람을 우대했다. 나처럼 공부를 제대로 하지 못한 사람들에게는 더없이 좋은 기회였다. 열심히 공부해서 자격증을 따고 새롭게 인생을 시작하자.

그러나 이내 다른 문제에 봉착했다. 무슨 자격증을 따서 어떤 일을 시작해야 할지 막막하기만 했다. 알고 지내던 선배에게 전화를 걸어 고민을 털어놓았다. 그 선배도 자격증에 대해 잘 모르기는 마찬가지였다. 그래도 들은 얘기가 있는지 한마디 해 주었다.

"신기야, 노량진에 가봐라. 거기 가면 자격증 시험에 대비하는 학원이 많다고 하더라. 그런 데 가서 상담하다 보면 네가 필요로 하는 자격증을 발견할 수 있을 거야.”

어두운 밤길을 걷다가 불빛을 만난 기분이었다.

‘그래, 노량진으로 가자!’

다음날, 지하철을 타고 무작정 노량진으로 갔다. 선배의 말대로 노량진엔 각종 학원이 난무했다. 나는 이곳저곳 학원을 기웃거리며 안내판을 살폈다. 무슨 자격증이 그렇게 많은지 어림잡아 수십 개는 돼 보였다.

그 가운데 유독 내 눈에 띄는 자격증이 있었다. 바로 산업안전관리기사였다. 잘은 모르지만 그동안 내가 해 온 일들과도 관련이 있을 성싶었다.

‘일단 부딪혀 보자!’

나는 무작정 앞에 보이는 학원으로 들어갔다. 좁은 교실마다 학생들이 수업을 받고 있었다. 모두 진지한 얼굴이었다. 나이도 천차만별이었다. 나보다 어린 사람도 있었고, 머리가 희끗한 사람도 있었다. 나는 부러운 눈으로 그들을 바라보았다. 배우려는 그들의 열기에 금방 압도되었다. 나도 그들 속에 섞여 공부를 하고 싶었다.

“거기 누구세요?”

수상한 생각이 들었는지 안경을 낀 여자가 뒤에서 나를 불렀다.

“저, 자격증 때문에 상담을 하러 들어왔습니다.”

나는 머리를 긁적이며 대답했다. 싸늘해 보이던 여자의 태도가 변했다.

“그러세요? 그럼 사무실로 들어오시죠.”

나는 자격증에 관해 여러 가지를 상담했다. 여자는 이런저런 자격증에 대한 설명을 한참 동안 늘어놓은 뒤, 당장 내일부터 학원에 나오라고 말했다.

"저, 학원비는 얼마나 됩니까?"

나는 머리를 긁적이며 물었다. 여자는 대수롭지 않은 얼굴로 팸플릿 하나를 내밀었다. 학원비와 책값을 합쳐 수십만 원이 넘었다. 나는 고개를 꾸벅 숙이고 일단 그 자리를 물러나왔다. 학원을 나와 터덜터덜 버스 정류장으로 걸어갔다. 결심이 서긴 했지만 문제는 학원비였다. 신호를 기다리며 나는 어떻게 할까, 잠시 망설였다. 노량진까지 와서 그대로 돌아갈 수는 없는 노릇이었다.

신호를 건너가자 작은 서점이 눈에 띄었다. 그때 서점 유리창에 매직으로 써 붙인 글씨가 보였다.

각종 시험 교재 완비
직장인 환영

구세주를 만난 기분이었다. 나는 서점에서 교재를 살 수 있는 단순한 생각조차 하지 못했던 것이다. 서점 주인은 친절하게 상담을 해 주었다. 나는 그 자리에서 산업안전관리기사 2급 자격증 시험에 필요한 교재를 구입했다. 두툼한 교재는 여섯 권이나 됐다. 시험이 불과 6개월밖에 남지 않은 시점이었다.

집으로 돌아오는 내내 마음이 설렜다. 한편으로 걱정이 되기도 했다. 고등학교 졸업 이후 한 번도 해보지 않은 공부였다. 내가 과연 잘 해낼 수 있을까. 합격할 수 있을까. 괜한 짓을 하는 건 아닌가. 별의별 생각이 다 들었다. 그리고 마침내 결론을 내렸다.

'그래, 한번 해보는 거야!'

합격 여부보다 우선 내가 공부를 시작한다는 게 중요했다. 낮엔 아이롱 일을 하고, 밤엔 공부를 하는 주경야독의 생활이 시작됐다. 학원을 다니면 어떤 문제가 중요한지, 어떤 것이 시험에 잘 나오는지 알 수 있을 터였다. 하지만 교재만 가지고 공부를 시작한 나는 무턱대고 교재 전체를 외우는 방법을 택했다. 정말 지독하게 매달렸다. 꿈속에서도 공부를 했다. 아침에 출근하면 어젯밤에 공부한 문제를 하나하나 되새기며 아이롱을 놀렸다. 옷 한 벌이 쫙 펴질 때마다 문제 하나씩을 떠올렸다. 내가 노력하기에 따라 인생도 아름답게 펴질 날이 올 것이라고 굳게 믿었다.

공부란 것이 참 묘했다. 처음엔 무턱대고 외우기만 했는데, 자꾸 책을 들여다보니 요령이 붙었다. 같은 내용을 반복해서 읽다보면 요점이 저절로 요약되고, 그 다음부터는 한 번만 교재를 읽어도 중요한 내용이 저절로 압축되었다.

그러나 시험 며칠 전 작은 문제가 생기고 말았다. 산업안전관리기사 자격증 시험을 보려면 전문대학 이상을 나와야 한다는 사실이었다. 정말 청천벽력 같은 소식이었다. 5개월간 피땀 흘려 공부에 매달렸던 게 물거품이 될 판이었다. 관계 기관으로 달려가 문의를 한 결과 관련 산업체에서 4년 이상 일했음이 증명되면 시험을 볼 수 있다고 했다. 다행스럽게도 내가 밤낮으로 포장을 하고 아이롱을 한 일이 경력에 포함되었다.

마침내 6개월 동안을 미친 사람처럼 공부하고 시험을 봤다. 그리고 거짓말처럼 한 번에 산업안전관리기사 2급 자격증을 취득했다. 합격 소식을 듣던 날, 정말 세상을 다 가진 것처럼 기뻤다. 그 순간에도 나는 변함없이 아이롱을 놀리고 있었다.

그 일 이후, 나는 무엇이든 하면 된다는 소중한 자신감을 얻을 수 있었다.

산업안전관리기사란 각 산업현장에 배속되어 산업재해를 방지하고 예방계획을 수행하며 작업환경의 점검 및 개선에 관한 사항, 유해 및 위험방지에 관한 사항, 사고 사례분석 및 개선에 관한 사항, 근로자의 안전교육 및 훈련에 관한 업무를 수행하는 사람을 말한다. 자격증을 따게 되면 공무원이나 정부투자기관 입사 시 가산점이 붙어 한결 유리했다.

꿈에 그리던 공무원 생활, 그러나 …

"좋아요. 정 그렇다면 당신과 이혼하겠어요. 가정이야 어찌 되든 자기 생각만 하는 이기적인 사람과 살 수 없어요."

89년은 내게 새로운 인생이 시작된 해였다. 드디어 그토록 바라던 안정된 직장을 얻었기 때문이다. 내 직장은 수자원공사였다.

수자원공사에 입사하게 된 계기도 특별하다. 산업안전관리기사 자격증을 땄지만 무엇을 해야 할지 정확한 비전을 가지고 있지 않았다. 자격증을 가지고 들어갈 수 있는 직장을 알아보기 위해 이곳저곳 알아보던 차였다.

하루는 길에서 우연히 친구를 만나 식당으로 밥을 먹으러 갔다. 우리는 오랜만의 만남이라 시간 가는 줄 모르고 이런저런 얘기를 나누었다. 친구가 잠깐 화장실에 간 사이 바닥에 굴러다니던 신문이 눈에 들어왔다. 그때 눈이 번쩍 뜨이는 글자를 발견했다. 수자원공사에서 사원을 특별 채용한다는 공고문이었다.

다음날, 즉시 자격증과 함께 서류를 갖춰 입사 원서를 넣었다. 결과는 거짓말 같은 합격이었다. 합격 통지서를 받고 나는 꿈을 꾸는 듯 먹먹한 기분이 되었다. 막막한 심정으로 노량진을 헤맨 게 불과 몇 달 전, 잠깐 사이에 내 인생이 180도 바뀌었다. 누구보다 기뻐한 사람은 아내였다. 우리 둘은 조촐한 술상을 차려놓고 그동안 힘들게 살았던 서로를 위로했다. 앞으로는 남부러울 것 없이 열심히 살아보자고 다짐했다.

수사원공사는 정부 기관으로 댐을 비롯한 수자원 시설물 관리, 시설물 건설, 댐을 건설하고 관리하는 업무를 총괄한다. 그 중에서도 수자원 확보와 댐 건설이 주된 업무이다. 우리나라는 여름에 집중적으로 비가 내리는 특성을 지니고 있다. 따라서 지속적인 댐 건설을 통해 가뭄과 홍수를 예방하고, 안정적인 용수를 확보해야 한다. 요즘 무분별한 댐 건설이 환경차원에서 사회적 문제가 되고 있지만 홍수 예방과 용수확보 차원에서 긍정적 기능과 부정적 기능의 양면성을 띠고 있는 것이다.

댐 건설은 조사에서부터 사업이 끝날 때까지 최소한 10년의 기간이 소요되는 사업이며, 다각적이고 장기적인 용수 수요 전망에 따라 계획적으로 추진된다. 다목적 댐은 홍수조절, 용수공급, 수력발전 등의 각 용도별 목적을 충족시킬 수 있도록 운영되며, 이를 위해 강우량, 유입량, 방류량, 기상 및 수질 등의 정보를 측정 분석한다. 또한 확보된 용수를 검사하고 약품 처리해 각 가정으로 보내는 일도 수자원공사의 주요 업무이다.

입사 이후, 나는 고향 부여에 위치한 금강용수관리사업소로 첫 발령을 받았다. 근무 부서는 수질과 약품실이었다. 흘러가는 강물이 용수장으로 들어오면 약품실과 만나게 된다. 이곳에서 강물은 여러 단계를 거치며 황산알루미늄과 석회 등 약품과 섞여 정화된 뒤 응집기에서 최종 정수작업을 시행, 일반 가정으로 보내지는 것이다. 우리가 별 생각 없이 가정에서 사용하는 물 한 방울도 실은 이렇듯 복잡한 수십 단계의 과정을 통해 만들어지는 것이다.

그곳은 그동안 내가 일했던 사회와 전혀 다른 세계였다. 의류 공장에서 한두 달 밀리기 일쑤였던 월급도 제때 꼬박꼬박 나왔다. 직원들은 서로를 존중했으며, 상사도 고압적인 자세를 취하지 않았다. 특별한 경우를 제외하면 출퇴근 시간도 정확했다. 나는 그 사실이 너무도 신기했다.

내가 맡은 임무만 최선을 다해서 처리하면 누구도 뭐라고 하지 않았다. 나는 성실함을 인정받았고 오래지 않아 중요한 일을 맡았다.

그러나 기쁨은 잠시였다. 한 해, 두 해 시간이 지날수록 깊은 고민에 빠져들었다. 뭔가 인생을 잘못 살고 있다는 생각이 들기 시작한 건 3년째 되던 해였다. 치열한 준비 끝에 진급 시험에 임했고 고과점수는 최상급이었다. 그러나 운이 없었는지 실제 진급에선 누락되었다. 관료사회의 높은 벽 앞에서 나는 좌절하지 않을 수 없었다.

나는 점차 내가 하는 일에 대해 환멸을 느꼈다. 약품실에서 매번 똑같은 작업을 반복한다는 사실도 답답함을 더했다. 삶이 안정된 것을 빼고 아무런 비전이 없었다. 시간이 날 때마다 곰곰이 생각해 보았다. 안정된 삶을 추구하기 위해 태어났는가? 이 상태로 편안히 살다가 늙고 병들어 죽는다면, 죽는 순간 나는 이번 생에 대해 어떤 가치를 발견할 수 있을까.

결국 나는 퇴사를 결정했다. 입사한 지 5년째로 접어들던 1993년 겨울의 일이었다. 내 손으로, 내 힘으로 사업을 해보고 싶었다. 오로지 비전 없이 안정된 삶만을 추구하다가 늙어 죽을 수는 없겠다는 생각이 들었다. 성공은 노력의 대가가 아니라 모험의 대가일 수도 있었다. 나는 안정된 삶을 위해 노력하기보다 모험을 하고 싶었다.

그러나 이런 생각은 주위의 완강한 반대에 부딪쳤다. 직원들은 바보 아니냐고 손가락질했다. 이렇게 안정되고 좋은 직장을 왜 그만두느냐며 충고하는 사람도 있었다. 그들의 말은 모두 옳았다. 공사는 특별히 말썽만 피우지 않으면 정년 때까지 일자리가 보장된다. 당연히 일반인들에겐 선망의 대상이며, 인터넷엔 수자원공사에 들어가고 싶어하는 사람들의 모임이 있을 정도다.

가장 반대가 심했던 사람은 아내였다. 아내는 내가 그 말을 꺼내는 순간 펄쩍 뛰었다. 매사에 차분하고 조용한 성격의 아내도 퇴사 결정만큼은 수용하지 못했다.

"그동안 당신이 어떤 과정을 거쳐 그 직장에 들어간 줄 아세요? 이제 겨우 사는 게 안정된다 싶었는데, 왜 스스로 그걸 내던지려고 하세요?"

아내의 말은 사실이었다. 포장반에서 의류를 포장하고 아이롱질을 할 때보다 100배는 나아진 삶이었다. 어렵게 쟁취한 삶을 내 스스로 내던지려 하고 있으니 아내로서는 답답한 노릇이었을 것이다.

"여보, 내가 어찌 그런 걸 모르겠소. 하지만 내겐 다른 길로 가고 싶은 꿈이 있어요. 나를 믿고 이해해 주면 좋겠소."

나는 아내의 손을 잡고 사정하다시피 설득했다.

"성실하게 일할 수 있는 직장이 있지, 집에 돌아오면 가정이 있지, 당신이 부족한 게 뭐예요? 이 순간에도 직장이 없어 애타게 취직자리를 구하러 다니는 사람들이 얼마나 많아요."

아내는 거듭 나를 설득했다.

"여보, 사직서를 낸다 해도 성실하게 가족들을 부양할 자신이 있소. 나를 믿어주시오."

"안 돼요. 절대 그럴 수 없어요."

아내는 문을 닫고 밖으로 나가버렸다. 며칠이나 설득을 했지만 아내는 꿈쩍도 하지 않았다. 나는 몇 번이나 사표를 썼다 지우며 아내와 실랑이를 계속했다.

그러던 어느 날, 아내가 폭탄선언을 하기에 이르렀다. 전날 내가 써 놓고 출근했던 사직서를 우연히 발견한 모양이었다.

"당신 계속 이럴 거예요?"

"여보, 당신이 아무리 그래도 내 마음은 이미 결정됐어요."

"좋아요. 정 그렇다면 당신과 이혼하겠어요. 가정이야 어찌 되든 자기 생각만 하는 이기적인 사람과는 살 수 없어요."

농담으로 하는 얘기가 아니었다. 훗날 듣게 된 얘기지만 아내는 당시 정말로 이혼 결심을 한 상태였다. 그래도 내가 뜻을 굽히지 않자 아내는 어머니를 비롯해 주변 가족들을 설득하기 시작했다. 그들로 하여금 내 마음을 돌이킬 생각이었다. 가족들이 걱정 어린 눈빛으로 내게 전화를 걸어왔다. 그간 힘든 삶을 살아온 내가 겨우 안정을 찾았는데, 또 다른 일을 꾸민다고 하니, 그들로서도 걱정이 이만저만이 아니었을 것이다.

"네 선택을 존중한다만 그래도 다시 한번 생각해 보거라."

고향에 계신 어머니는 사흘이 멀다 하고 집으로 나를 찾아왔다. 나는 죄인 심정이 되어 가족들을 설득했다.

"여보, 딱 한 번뿐이오. 딱 한 번만 나를 믿어 주시오."

아내에게 한 번만 나를 믿어 달라고 사정했다. 내가 의지를 꺾지 않자 아내는 마지못해 허락했다. 아내의 눈물도, 어머니의 설득도 내 고

집을 꺾지 못한 것이다. 그때 나를 이해해 준 아내가 없었다면 오늘의 나도 없었을 것이다. 결국 나는 사표를 제출하고 직장을 그만두었다.

서른세 살 되던 해의 일이었다.

'포기' 란 김치 담글 때나 쓰는 말이다

출사표, 새로운 인생에 도전하다

나, 사장 됐어!

꿈은 모래성처럼 무너지고

아버지와 함께한 마지막 13일

한겨울, 차가운 시멘트 바닥 위에 피어나는 꿈!

출사표, 새로운 인생에 도전하다
—

"침대는 고가이기 때문에 한 개를 팔아도 그만큼 많이 남을 거라고 생각했습니다."

지금도 그렇지만 나는 인간의 삶이 정적인 삶이 되어서는 안 된다고 생각한다. 정적인 삶은 곧 순응의 삶이다. 순응하는 삶에는 안정만 있고 발전이 없다. 역동적인 삶은 움직이는 삶이다. 움직이는 삶은 모험의 삶이다. 성장기 어린이를 보라. 쉴새없이 움직인다. 그러나 어느 순간이 되면 인간은 움직임을 멈추고 안주하려고만 한다. 그런 인생에는 발전이 있을 수 없다.

나는 사표를 냄과 동시에 머릿속으로 사업을 구상했다. 내가 생각하고 있던 일은 돌침대와 흙침대를 판매하는 사업이었다. 올림픽이 성공리에 끝나고 국민 소득이 높아지면서 국민 의식도 개선되어 삶의 질이 향상되던 시기였다. 전국적으로 건강에 대한 관심이 고조되었고 관련 식품과 기구, 체육시설 등에 대한 붐이 일어났다.

더불어 효과가 입증된 건강보조기구들이 날개 돋친 듯 팔려나갔다. 내가 침대 사업에 눈을 돌린 것은 잠자리가 인간의 건강과 가장 밀접한 관련이 있다는 오랜 믿음 때문이었다. 자료에 의하면 인간이 평생 잠자리에 누워 보내는 시간은 27년 6개월이라고 한다. 평생의 3분의 1에 가까운 시간을 수면으로 보내는 것이다. 몸이 아파 요양해야 할 시간까지 포함하면, 또한 짬을 낸 휴식시간까지 포함하면 인간이 잠자리에 누워 지내는 시간은 더 늘어난다.

간과하기 쉽지만 이건 대단히 놀라운 일이다. 우리는 인생의 절반 가까이를 누워 지내면서도 의외로 우리가 눕는 자리에 대해서는 별다른 생각을 하지 않고 있는 게 사실이다. 못살고 가난했던 시절에 우리 조상들은 눕는 자리가 곧 잠자리였지만 요즘은 다르다. 몸에 좋다는 건 그렇게들 잘 챙겨 먹으면서 왜 잠자리엔 그렇게 무관심한가. 이 세상에서 잠자리만큼 중요한 게 있을까?

내가 침대에 관심을 갖게 된 건 그런 의문 때문이었다.

사표를 낸 뒤, 나는 백화점을 찾아다니며 아이쇼핑을 했다. 좋은 사업 아이템을 발견하기 위해서였다. 그러다가 백화점에 진열된 건강 침대를 보게 되었다. 돌로 만든 침대였는데, 당시로선 생소한 것이었다. 그 침대를 보는 순간, 나는 '저거다' 하는 생각이 들었다.

나는 매장에서 카탈로그 한 장을 얻은 뒤, 무작정 거기 적힌 주소로 회사를 찾아갔다. 건강 침대 사업을 하기 위해서는 침대와 침대 유통에 대해 잘 알아야 했다. 그러기 위해서는 밑바닥부터 일을 배우지 않으면 안 되었다.

"그래, 어떤 분야에서 일을 하고 싶습니까?"

침대회사 사장이 뜻밖이라는 얼굴로 물었다.

"기왕이면 영업 분야가 좋겠습니다. 영업사원 자리 있으면 하나 주세요."

나는 고민 끝에 대답했다.

영업은 사람들을 만나고 물건을 팔아야 하는 일이므로 젊은 사람들일수록 꺼리는 자리였다. 사장은 의외라는 듯 내 이력을 물었다. 젊은 사람이 스스로 찾아와 영업사원을 자처했으니 그럴 만한 일이었다. 나는 사실대로 공무원 생활을 접게 된 계기를 말해 주었다.

"아니, 이 사람 보게. 아니, 기껏 돌침대 영업사원 하겠다고 공무원 생활을 그만둬요?"

사장은 어이없다는 듯 웃음을 터뜨렸다.

"다들 그렇게 얘기합니다만 제겐 다른 꿈이 있습니다. 열심히 할 테니 일을 배우게 해 주십시오."

"그런데 왜 하필이면 침대였습니까? 건강과 침대의 중요성 같은 거 말고 영업 차원에서 설명을 한번 해 보세요."

그건 좀 이외의 질문이었다. 나는 사실대로 대답했다.

"침대는 고가이기 때문에 한 개를 팔아도 그만큼 많이 남을 거라고 생각했습니다."

"그렇다면 그만큼 팔기 어려울 텐데요."

"그렇지만 한 대만 팔아도 그만큼 많이 남지 않습니까?"

"허허, 좋습니다. 그 눈빛이 아주 마음에 들어요."

사장은 악수를 청한 뒤 나를 고용했다.

내게는 백화점에서 고객들에게 침대를 판매하는 일이 맡겨졌다. 나는 우선 건강 침대와 관련된 자료를 있는 대로 모아 달달 외우기 시작했다. 자료가 부족하면 서초동에 있는 국립도서관을 찾아가 건강과 인간의 잠자리, 침대 등과 관련된 자료를 모조리 복사했다.

철저한 준비를 끝낸 뒤, 나는 마침내 고객들 앞에 나섰다. 다른 매장 직원들이 앵무새처럼 카탈로그에 적힌 내용을 반복할 때, 나는 전문지식을 동원해 가며 침대를 홍보했다.

첫 손님은 나이가 지긋하신 어르신이었다. 그는 침대를 살 듯 말 듯 하며 매장 주변을 맴돌았다. 아무래도 신뢰가 가지 않는 모양이었다. 나는 적당한 기회를 보아 손님 옆으로 다가갔다.

"요즘은 일반 스프링 침대를 선호하지만 우리의 전통 잠자리는 온돌이었습니다. 온돌문화란 딱딱한 구들에 요를 깔고 자는 것을 말하죠. 최근 들어 갑자기 증가한 디스크나 허리병의 원인이 대부분 여기에 있습니다. 우리가 반듯이 누워 잘 때, 온돌방에서는 공간이 생기지만 스프링 침대에서는 공간이 생기지 않습니다. 그러다 보니 허리가 무르게 되고 척추 부분이 스프링에 밀착되어 통증이 생기는 것이죠."

설명은 듣던 손님이 고개를 갸웃거리며 물었다.

"다 좋은데 이 돌덩이가 온돌을 대신할 수 있을까?"

손님은 손으로 침대를 가볍게 두드렸다.

"이 돌침대는 우리의 전통 온돌에다가 서양의 침대 문화를 결합시킨 획기적인 제품입니다. 예부터 우리 조상들은 건강에 중요한 세 가지를 가리켜 식보, 약보, 온보라고 하지 않았습니까? 식보는 좋은 음식을 섭취해 몸을 보하는 것이고, 약보는 몸에 좋은 약을 먹는 것, 온보는 몸을 따스하게 해 주는 것입니다. 이만큼 중요한 것이 바로 잠자리입니다.”

“그래, 구체적으로 어떤 효과가 있다는 게요?”

“계란을 생각해 보십시오. 그냥 끓는 물에 넣어 익히는 계란과 흙 속에서 구워 원적외선으로 익힌 계란은 색깔은 물론이고 그 맛부터가 다릅니다. 원적외선이 계란 속을 골고루 익혀주기 때문입니다. 돌침대는 바로 이런 원리에 착안해 인간의 몸을 구석구석 따스하게 해줍니다. 우리나라 사람들은 인식이 부족해서 자신의 건강을 돌보지 않는데, 그건 잘못된 것이죠. 한번 투자를 해 놓으면 평생 튼튼하게 사용할 수 있는 제품입니다.”

설명은 대개 그런 식이었다. 비싼 제품을 팔기 위해서는 제품과 관련된 분야에 전문가가 돼야 하는 것이다. 소비자가 많은 돈을 투자할 수 있도록 그만큼 신뢰를 줘야 하기 때문이다. 이름하여 고객정보기술자였다. 나는 그날 그 노신사에게 침대를 팔 수 있었다. 이후 자신감이 붙었고, 점차 수량을 늘려갔다.

당시 매장은 압구정동에 있었다. 나는 아침마다 독한 마음을 먹고 출근했다. 미래가 보장된 공무원을 그만둔 터라 열심히 매달릴 수밖에 없었다. 나는 내 스스로에게 엄격했다. 대충대충 일하는 것은 용납되지 않았다.

출퇴근 시간도 내겐 영업시간이었다. 가방 가득 카탈로그를 넣고 다니며 눈에 보이는 사람, 대문, 자동차마다 전단지를 돌렸다. 심지어 가만히 서 있기 마련인 지하철 안에서, 버스 속에서도 전단지를 주고 침대 홍보를 했다. 누가 그런 홍보에 귀를 기울일까 생각하기 십상이지만 의외로 반응이 왔다. 내가 나누어 주었던 전단지를 들고 다음날 매장에 나타나는 손님을 보며 나는 더욱 일에 보람을 느꼈다.

반응은 폭발적이었다. 남들이 하나 팔 때, 나는 두 개를 팔았다. 신명을 가지고 일을 하니 일도 재밌었다. 남의 일을 그렇게 열심히 하자 사장도 감동했다. 입사 6개월 뒤 영업부장으로 승진했다.

이때부터 나는 틈틈이 전국을 돌며 돌침대 판매에서 제작, 유통에 이르기까지 전반적인 일을 마스터했다. 어차피 일을 배우기 위해 들어간 회사였으므로 궂은일을 마다하지 않았다. 1년쯤 지나자 내 사업을 할 수 있겠다는 자신감이 생겼다.

나, 사장 됐어

—

그 이후는 승승장구의 연속이었다. 행사가 끝나면 라면박스 가득 만 원권 지폐가 들어차는 날도 있었다.

1994년, 나는 돌침대 회사를 과감히 그만두었다. 어차피 일을 배우려고 들어간 회사이므로 미련은 없었다. 1년 남짓한 기간 동안, 나는 돌침대 사업과 관련된 대부분의 노하우를 습득했다.

특히 관련업계 종사자들과 부지런히 안면을 튼 게 큰 성과였다. 돌침대 제조회사는 물론, 중간 유통과 백화점 매장, 대금 회수에 이르기까지, 나는 당장 사업을 시작할 수 있을 정도로 자신감을 갖춘 상태였다. 목재 공장, 매트 공장, 돌 공장도 말 한마디면 물건을 공급해 주겠다고 나섰다.

침대 사업의 시작은 매장을 내는 일에서부터 시작된다. 그러나 이것은 보통 문제가 아닐 수 없었다. 침대 하나만 들어가도 대여섯 평을 순식간에 잡아먹기 때문이다. 종류별로 한 종씩만 침대를 갖춘다 해도 최소한 30~40평 이상의 매장이 필요했다. 한마디로 말해 매장을 갖춘다는 건 나로서는 꿈도 꿀 수 없는 상황이었다.

그때 이런 생각이 내 머리를 스치고 지나갔다.

'매장이 없다고 장사를 못하겠는가?'

나는 우선 그동안 신뢰를 쌓아 놓은 침대 제조공장을 찾아갔다. 그리고 '황토 아랫목' 이라는 브랜드를 개발해 제조공장 측과 OEM계약을 체결했다. 침대 제조공장에서 물건을 만들어 주면 나는 물건에다가 '황토 아랫목' 이라는 상표를 붙여 판매하기로 한 것이다.

내가 택한 침대는 크게 두 종류였다. '황토' 는 흙침대를 의미했고, '아랫목' 은 돌침대를 뜻했다. 나는 흙침대와 돌침대를 내 첫 사업 대상으로 결정한 뒤, 이튿날부터 영업에 들어갔다.

영업방식은 매장이 없었으므로 간단했다. 등산 가방에 한가득 전단지를 넣고 새벽부터 저녁까지 사방으로 돌리고 다니는 것이다. 전화 한대와 전단지가 내 사업 밑천의 전부였던 셈이다. 길에서 우연히 마주치는 아저씨, 식당에서 만난 주인, 돌아오는 길의 버스 기사 등 닥치는 대로 전단을 나눠주고 건강과 인간의 수명이 얼마나 중요한지 장광설을 늘어놓았다.

낮에 전단지를 돌리고 저녁에 집으로 돌아오면 그때부터 전화 받고 상담하는 시간이었다. 아내는 전세방에서 졸지에 전화 받는 사원이 되었다. 거짓말처럼 주문전화가 답지했다. 전화를 받으면 쏜살같이 달려가 제품에 대해 상담했다. 간혹 매장이 없다는 것에 의심의 눈초리를 보내는 사람도 있었다. 나는 그들에게 매장이 없으므로 중간 유통 단계를 줄여 오히려 침대를 싸게 공급하게 되었다고 설득했다.

제품을 파는 것보다 더 중요한 건 사후 서비스였다. 요즘엔 기업 리콜이나 반품 제도가 생겨 소비자의 권리가 많이 신장되었지만 예전에는 물건을 팔면 그만이었다. 특히 바쁜 개인사업자들에게 있어 서비스는 언제나 뒷전일 수밖에 없었다.

나는 무엇보다 사후 서비스에 신경을 썼다. 제품을 판 뒤에는 다음날 꼭 전화를 걸어 불만 상황을 체크하고 문제가 있으면 즉시 달려가 해결해 주었다. 간혹 제품을 물리는 사람도 있었지만 그보다는 주변 사람들을 소개해 주는 경우가 더 많았다.

아무리 적게 팔아도 한 달에 한두 개씩은 어김없이 침대가 팔렸다. 많이 파는 달엔 여섯 개도 팔았다. 침대 하나의 가격은 300만 원에서 500만 원을 호가했다. 중간 단계 없이 직접 제작 판매하는 방식이었으므로 제품 가격의 반이 마진으로 남았다. 한 달에 한 개만 팔아도 직장

생활보다 수입이 나았다.

가장 중요한 것은 일에 대한 호감이었다. 하루하루 시계를 쳐다보며 단순 작업하던 시절과는 비교도 할 수 없을 정도로 일이 재밌었다. 나는 일에 흠뻑 빠져서 피곤한 줄도 모르고 돌아다녔다. 내겐 일 자체가 놀이였고 여가였으며 유흥이었다. 한 대만 팔아도 100만 원 이상의 돈이 들어왔으니 며칠을 공쳐도 전혀 걱정되지 않았다.

그렇게 몇 달을 영업하자 수중에 얼마간의 돈이 모였다.

어느 날, 나는 또다시 이런 생각을 하게 되었다.

'언제까지 한 달에 돌 침대 두세 개 파는 걸로 만족하며 살 것인가? 언제까지 전단지나 돌리는 원시적인 방법을 쓸 것인가? 정말 다른 방법은 없을까? 이런 생활이 돌침대 판매의 전부일까? 여기서 안주하자고 공무원 생활을 그만둔 건 아니지 않은가?

그러던 어느 날, 나는 우연히 코엑스에서 중소기업박람회가 열린다는 사실을 알게 되었다. 정부에서 대대적인 중소기업 육성에 나선 것과 때를 맞춰 기획된 행사였다. 이 행사에서는 여러 중소기업들이 연합해 제품을 싼값에 판매했다. 지금도 이런 행사가 명맥을 유지하고 있지만 당시에는 초기여서 매우 활발했다.

'그래, 바로 이거다!'

나는 흐뭇한 미소를 지으며 중소기업박람회를 꼼꼼하게 스케치했다. 행사장에 침대를 들어놓으면 성공할 수 있겠다는 확신이 섰다. 더구나 행사장에 오는 고객들은 지갑을 열기 위해 오는 것이다. 제품만 좋고 설명만 잘 한다면 얼마든지 팔 수 있으리라는 자신감이 섰다.

이런 행사는 서울뿐만 아니라 지방으로 점차 확대되었다. 그때 대구 성서공단에서 중소기업박람회가 열린다는 사실을 알게 되었다. 나는 '황토 아랫목'이라는 내 브랜드를 가지고 처음으로 입점했다. 부스 하나를 빌리는 데 행사기간 동안 자릿세가 대략 300만 원이었다. 침대는 부피가 컸으므로 주변 부스를 더 빌려야 했다.

한 번 행사를 할 때마다 대략 1천만 원 안팎의 지출이 소요되었다. 하지만 그만큼 손님이 많았다. 운이 좋았던지 때마침 전국에 걸쳐 기능성 침대 붐이 일었다. 티브이 방송의 건강 관련 프로에서 돌침대, 흙침대의 효능이 대대적으로 다루어지면서였다. 첫 박람회 참가 결과는 대성공이었다. 나는 행사기간 중에 30개 가까운 침대를 팔았다. 경비를 제외하고도 수천만 원의 이익을 남겼다.

그 이후는 승승장구의 연속이었다. 박람회를 할 때마다 하루 몇 개씩 침대가 팔려나갔다. 매장에서 침대 값의 30퍼센트를 계약금으로 받았다. 공장에서 침대가 가정으로 배달되면 그때 나머지를 받는 것이다. 행사가 끝나면 라면박스 가득 만 원권 지폐가 들어차는 날도 있었다. 한두 달 만에 1억 원 이상 매출을 올리자 욕심이 생겼다.

'이럴 게 아니라 행사 참가 개수를 늘려보자.'

나는 직원을 더 뽑고 팀을 몇 개로 나누었다. 중소기업 박람회장이 지방 소도시별로 여러 곳이었다. 각 행사장마다 코너를 마련했다. 한 곳에서 얻던 수익이 고스란히 두 곳, 세 곳에서 발생했다. 돈이 돈을 번다는 얘기를 그때 처음 실감했다. 전국 각지에서 열리는 중소기업 박람회에 '황토 아랫목' 제품을 공급했다. 결과는 폭발적이었다.

오늘은 대전, 내일 광주, 모레는 부산, 정신없이 전국 방방곡곡을 누볐다. 몸이 열 개라도 모자랄 판이었다. 귀신이라도 씌운 듯 사람들이 몰려들었고, 돌침대와 흙침대를 구입했다. 당시 황토의 효능이 널리 알려지던 시기였고, 황토집을 짓고 살 수 없는 도시 사람들일수록 유행처럼 가정마다 하나씩 침대를 장만했다.

나는 벌어들인 돈을 곧바로 재투자했다. 박람회가 끝나고 떠날 때, 나는 그 도시에 가맹점을 냈다. 현금 거래였으므로 자금은 풍부했다. 제품이 날개 돋친 듯 팔리자 가맹점을 하겠다는 사람도 줄을 섰다.

지금 생각하면 참으로 어리석은 행동이었다. 제대로 된 계약서 한 장 없이 마구잡이로 사업확장에 주력했으니 말이다. 제대로 된 법률 검토 또한 있을 리 만무했다. 사업 확장에만 주력했지 사업 관리를 하지 못했던 것이다. 회사는 눈덩이처럼 커졌는데, 회사를 체계적으로 관리할 본사는 존재하지 않았다. 가맹점을 내고 그곳에 물건을 공급하면 약속한 판매 이익이 고스란히 내 수중에 떨어질 것으로 철석같이 믿었다. 참으로 순진하고도 어처구니없는 생각이었다.

97년이 될 때까지 나는 미친 듯이 사업에 매달렸다. 그야말로 신명나는 한판 세월이었다. 세상을 다 가진 것 같았다. 이렇게 전국을 한 바퀴 돌고 나니 12개의 지역 가맹점이 생겼다. 규모도 내가 손대기 벅찰 만큼 커져 있었다.

시간이 흐르자 하나하나 문제가 드러나기 시작했다. 우선 가맹점에 대한 지원이었다. 가맹점을 낸다고 해서 물건을 팔 수 있는 게 아니었다. 간판도 '황토 아랫목'으로 바꾸어 달거나 새로 설치해야 했고, 내부 인테리어도 새롭게 해야 했다. 그런 돈은 본사에서 지원해 주는 게 당연한 일이었다.

더 큰 문제는 물건이었다. 가맹점이 물건을 일괄 구입하는 형태가 아니니 일단 제품 공장에서 외상 구입을 한 뒤 가맹점에 외상으로 물건을 넘겼다. 이른바 위탁 판매였던 것이다. 제품이 팔리지 않으면 돈이 돌지 않았고 고스란히 외상이 되었다. 제품이 팔린다고 해도 가맹점에서 돈을 올려 보내지 않으면 물건 값을 내 쪽에서 결재해야 했으니 이중으로 돈이 나갔다.

그러는 사이 시간이 흘러 1997년이 되었다.

꿈은 모래성처럼 무너지고

—

언젠가 도미노를 본 일이 있다 한번 쓰러지기 시작하면 도미노는 연쇄 작용을 일으켜 모든 판을 새롭게 만든다. 우리에게 닥치는 어려움의 터널이 이와 같다.

나도 자각하지 못하는 사이, 사업은 서서히 벼랑을 향해 치닫고 있었다. 아니 비단 내 사업뿐만이 아니었다. 나라 천체가 서서히 폭풍 절벽 앞으로 내몰리고 있었다. 1997년 초부터 IMF라는 비극의 풍랑이 넘실거리며 본격적으로 우리나라를 강타했다.

아내는 일찌감치 뭔가 불길한 예감이 든 모양이었다. 경제부총리에 의해 IMF체제에 돌입했다는 발표가 있기 전, 아내로부터 장거리 전화가 걸려왔다.

"여보, 아무래도 나라 분위기가 이상해요."

현명한 아내는 나보다 선견지명이 있었다.

"뭐가 이상하다고 그래? 침대만 잘 팔리는데……."

전국을 돌며 사업 확장에 주력하던 내게 아내의 말이 들어올 리 만무했다.

"곧 위기가 온다는 말이 파다해요. IMF인지 뭔지 실사단이 비밀리에 다녀갔다는 얘기도 있고요. 이대로 가다가는 나라 전체가 빚더미에 앉는데요."

아내는 걱정이 대단했다. 나는 웃으며 아내를 달랬다. 설령 IMF가 온다 해도 그게 대기업에나 해당되는 얘기지 나 같은 조그만 침대 사업자가 무슨 상관이 있겠냐는 생각이 들었기 때문이다. 그때까지도 나는 우물 안 개구리처럼 자신감에 사로잡혀 있었던 것이다.

"그게 아니래도 그러네요. 당신 침대 파는 일에만 정신 팔려 있지 말고 이제 가맹점도 좀 돌아보세요. 가맹점 가입한 지 1년, 2년씩 지났으면 판매한 금액이 통장에 들어와야 할 것 아녜요? 그래야 새로 물건도 댈 수 있고요."

아내는 가맹점 관리에 신경을 쓰라며 전화를 끊었다. 그러나 바쁜 나날을 보내는 가운데 나는 아내의 충고를 까맣게 잊고 말았다. 얼마 뒤, 우려했던 IMF구제금융 신청이 발표되었다. IMF의 여파는 즉각 다른 곳에서 반응을 나타냈다.

잠잠하던 전화통이 시도 때도 없이 울리기 시작한 것이다.

"여보세요, 아, 강 사장입니까? 나 돌 공장 박 사장이오. 아니 이게 어떻게 된 일입니까? 납품을 받아갔으면 대금을 입금시켜야지요. 아, 그래야 우리도 종업원들 월급 주고 공장 돌릴 것 아닙니까?"

"그러세요. 이거 죄송하게 됐습니다. 조금만 기다리십시오."

겨우 무마를 하고 나면 또다시 벨이 울렸다.

"아, 나 매트리스 공장 정 사장이오. 매트리스 외상 가져가신 거 수금 좀 해주셔야 되겠습니다. 예전 같으면 몇 달이고 말미를 줄 수 있지만 요즘은 통 돈이 돌질 않아서요."

정신이 퍼뜩 들었다. 나는 곧장 서울로 올라와 통장의 잔고를 확인했다. 잔고는 바닥난 상태였다. 문제는 무분별하게 확장한 가맹점이었다. 그동안 중소기업박람회를 거치며 7억 원 가까운 돈을 벌었지만 그 돈은 고스란히 지역 가맹점에 투자된 상태였다.

모든 대리점이 문제가 있는 건 아니었다. 간혹 사업 수완이 부족해 자금 압박에 처한 대리점이 생겼는데 그게 문제였다. 그때마다 나는 공짜로 물건을 댔고, 별다른 계약서 없이 운영자금을 내려 보냈다. 그런 돈의 규모는 적게는 2천만 원에서 많게는 1억이나 되었다.

IMF가 닥치며 국내의 많은 기업들이 쓰러졌다. 대기업들이 넘어지는 판이니 중소기업은 말할 것도 없었다. 가장 큰 문제는 자금이 돌지 않는다는 점이었다. 내수가 뚝 끊기며 문을 닫는 대리점이 늘어났다. 물건이 늘 같은 조건으로 팔려 나갈 것이란 내 기대가 완전히 빗나간 것이다.

나는 곧장 지역 가맹점으로 전화를 걸어 수금 독촉을 하기 시작했다. 그러나 가맹점은 가맹점대로 사정이 좋지 않았다. IMF가 닥치자 일단 내수가 뚝 끊겼다. 내수가 끊어지자 가게 임대료를 낼 길이 막막해졌다. 받은 침대를 반품하는 집도 부지기수였다. 계약금만 받고 버티는 집도 있었다. 가맹점은 소비자에게 수금을 하지 못했고, 그 여파는 내게 미쳤다. 중간에 낀 나는 제조업자들로부터 수시로 자금 독촉에 시달렸다.

문제는 거기서 끝나지 않았다. 물품 대금이야 그렇다고 쳐도 대리점에 내려 보냈던 초기 운영 자금은 돌려받을 길이 막막했다. 급기야 아무리 전화를 걸어도 받지 않는 가맹점도 나타났다. 나는 차를 타고 즉시 달려갔다. 가게는 이미 폐업한 뒤였다. 주인 내외는 어디로 이사를 갔는지 보이지 않았다.

월급을 주지 못하자 몇 안 되던 본사 직원들도 하나둘 그만두었다. 나는 혼자 동분서주하며 가맹점을 돌아다녔다. 무슨 수를 써서라도 가맹점은 살리고 싶었다. 사태는 생각보다 심각했다. 무너지려는 가맹점을 겨우 살려 놓으면 다른 쪽의 가맹점이 들썩거렸다. 내수가 끊겨 중소기업박람회나 매장 판매는 꿈도 꿀 수 없었다.

가맹점을 살리기 위해 정신없이 뛰어다닌 노력도 곧 물거품이 되고 말았다. 몇 달 후 가맹점의 반 이상이 문을 닫고 연락 두절되었다. 나는 곧 은행 대출을 받았다. 받을 수 있는 대출을 모두 받은 다음엔 가족들에게 손을 벌렸다. 어머니나 동생들 이름 앞으로 대출 받았다. 나로 인해 평범하고 성실하게 살던 사람들이 하루아침에 빚쟁이가 되고 말았다.

앞뒤로 자금 압박에 시달리던 나는 마침내 빚더미에 앉으며 사업을 접어야 했다. 그동안 피땀 흘려 일군 사업이 모두 허공으로 날아가는 순간이었다. 하루에도 수십 차례씩 사람이 찾아오고 독촉 전화가 이어졌다. 주변에서 전화벨 소리만 들려도 가슴이 철렁 내려앉았다. 모든 걸 포기하고 아무도 없는 곳으로 숨고 싶었다.

'이래선 안 된다. 정신을 차리자.'

나는 마음을 가라앉히고 차근차근 사업을 정리했다. 정신을 차리고 보니 내겐 외상 장부가 하나만 달랑 남았을 뿐이었다. 장부를 들고 다시 대리점 업자들을 찾아다녔다. 지푸라기라도 잡겠다는 생각에서였다. 빚을 받아 급한 자금을 막아야 했다. 나 때문에 다른 많은 사람들이 고통에 시달리고 있다고 생각하자 더욱 어깨가 무거웠다. 그렇게 몇 개월 동안 수금한 돈은 고작 몇천만 원에 불과했다.

결국 나는 마지막 길을 선택했다.

"여보, 아무래도 안 되겠소."

나는 아내를 불러 앉히고 비장하게 말했다.

"안 그래도 친정으로 내려갈 생각을 하고 있었어요. 부모님께 친정 근처에 적당한 방을 알아봐 달라고 했어요."

그때 아내는 뱃속에 둘째 아이를 가진 상태였다.

"그럼, 방값은 걱정하지 말구려. 그 정도는 내가 해결할 수 있을 테니."

아내는 눈물을 뚝뚝 흘렸다. 나 역시 누구보다 울고 싶은 사람이었지만 가장으로서 아내 앞에서 눈물을 보일 수는 없었다. 이튿날 아내는 세 살 난 아들 석범이를 데리고 처가가 있는 충주로 내려갔다.

어렵게 수금한 돈 몇천만 원으로 우선 급한 빚을 막았다. 그렇게 하고 나니 그야말로 오갈 곳 없는 빈털터리 신세가 되었다. 수중에는 겨우 몇만 원의 돈이 남아 있을 뿐이었다. 나는 달랑 옷 한 벌 걸친 상태로 터벅터벅 거리로 나섰다. 갈 곳도, 연락을 해 도움을 청할 사람도, 당장 따스한 밥 한 끼 사먹을 돈도 없었다. 1984년에 제대하고 처음 서울에 올라왔을 때처럼 가진 건 아무것도 없는, 오갈 데 없는 몸이 된 것이다. 98년 봄에 벌어진 일이었다.

'이대로 죽었으면……'

터덜터덜 걸으며 나는 수시로 그런 유혹에 빠져들었다. 아내 말을 듣지 않고 공무원 생활을 그만 둔 게 그때처럼 후회된 적이 없었다. 아내가 수금에 신경 쓰라고 충고할 때 그 말을 들었더라면……, 그냥 혼자서 전단지 돌리는 걸로 만족하며 살았더라면…….

무턱대고 걷다 지치면 사우나에 들어가 잠을 청했다. 그런 생활은 며칠 동안 계속됐다. 나는 곧 무너져 내릴 모래성과 다를 바 없었다. 살아 있지만 살았다고 할 수 없는 삶이었다.

어느 날, 아내에게 전화를 걸었다. 어쩌면 마지막이 될 수도 있는 전화였다.

"여보, 그래 자리는 잘 잡았소?"

아내는 그렇다고 대답했다. 그런데 목소리가 편치 않았다. 당장 전세 구할 돈이 없어 월세로 들어갔는데 한 달에 20만 원을 내야 한다고 했다. 더욱 충격적인 일은 고향 소식이었다. 은행과 빚쟁이들이 고향집으로 전화를 걸어 어머니와 동생들까지 피해를 보고 있다는 내용이었다.

가까스로 전화를 끊었다. 눈물이 쉴새없이 흘러내렸다. 모든 게 끝났다고 생각했던 나는 큰 충격에 휩싸였다. 내 한 몸 망가지는 것으로 끝날 문제가 아니었다. 부도의 여파는 가족들에게 미쳤고, 그들의 삶을 파괴하고 있었다.

후회와 자책은 꼬리에 꼬리를 물고 이어졌다. 걷고 또 걷다 보니 나도 모르게 발걸음이 한강으로 향했다. 고속터미널을 지나고, 이수교차로를 지나니 동작대교가 나타났다. 나는 대교 난간을 따라 남쪽으로 진입했다. 다리가 후들거렸다. 허방을 밟는 듯한 느낌이었다.

'강신기! 눈 딱 감는 거야. 이대로 뛰어내리면 그만이다.'

중간에 걸음을 멈추고 흐르는 물을 바라보았다. 세상은 내 마음을 아는지 모르는지 평화롭기만 했다. 차들은 변함없이 어디론가 씽씽 달려갔다. 비둘기들은 날개를 퍼덕이며 공중으로 날아다녔다. 하늘은 파랗고 햇살은 눈부셨다. 그러나 내겐 아무런 희망도 남아 있지 않았다.

'저 물결은 모두 어디로 흘러가는가.'

강물은 끝없이 몸을 뒤채며 하류로 흘러갔다. 고향이 있는 백마강이 떠올랐다. 강가에서 고기 잡던 유년 시절이 떠올랐고 친구들 얼굴이 스쳐 지나갔다. 새벽이면 화장품 가방을 메고 집을 나가시던 어머니 얼굴이 떠올랐다. 비명을 지를 새도 없이 죽어간 동생이 떠올랐고 집을 나가 아직 소식이 없는 아버지 얼굴이 스쳤다. 그리고 만삭의 아내…….

"석범이가 당신을 많이 찾아요……."

아내의 마지막 말이 메아리가 되어 윙윙 귓가를 맴돌았다.

그냥 죽어버리기엔 너무도 억울하다는 생각이 들었다.

'그래, 조금만 더 살아보는 거다. 나는 아직 사지 멀쩡하고 건강하지 않은가.'

나는 주먹을 불끈 쥐고 강물을 향해 소리쳤다.

"그래, 살아보는 거야!"

아버지와 함께한 마지막 13일

나는 아버지에게 등을 보이고 돌아섰다. 약해진 아버지 앞에서 눈물을 보이긴 싫었다. 식당 옆 화분에 국화가 노랗게 피어 있었다. 노란 국화잎 위로 눈물이 뚝뚝 떨어졌다.

아내와 통화를 끝낸 다음날부터 나는 아침 일찍 인력 시장으로 나갔다. 인력 시장에는 나 같은 사람들로 넘쳤다. 며칠 만에 겨우 일자리를 잡을 수 있었다. 비가 오면 공치는 날이 많았다. 직장을 잃은 사람들이 대거 몰리면서 그나마 경쟁을 해야 했다.

한두 달 지나게 되자 그 일도 요령이 붙었다. 나는 무작정 직업 안내소로 가 기다리지 않았다. 거리를 지나다니며 공사중인 건물로 직접 찾아갔다. 평소에는 가뭄에 콩 나듯 배정되던 일자리였다. 공사 현장을 직접 찾아다니자 남보다 덜 공치고 일할 수 있었다.

일을 할 때도 게으름을 피우지 않았다. 비록 노동일망정 일을 할 수 있다는 사실에 늘 감사했다. 공사장 십장들 사이에선 일 잘한다는 소문이 퍼졌고, 일하는 횟수를 늘릴 수 있었다. 벽돌이나 시멘트를 지고 나르는 일은 기본이었다. 비가 오는 날엔 건물 마감 작업을 했다.

어려운 가운데에도 나는 꾸준히 집에 생활비를 보냈다. 그건 아내와의 약속이었다. 고시원에서 잠을 자기도 하고, 그마저 여의치 않으면 사우나와 피시방 등을 전전했다. 이후 몇 년간은 내 인생에 있어 가장 힘들고 고통스러웠던 시간으로 기억된다. 그나마 무너지지 않고 버틸 수 있었던 건 나 때문에 고통 받는 가족들 때문이었다.

기가 막힌 일이 벌어진 건 그해 가을이었다. 동생이 사고로 목숨을 잃은 뒤, 그 여파로 집을 나간 아버지가 15년 만에 연락을 취해 온 것이다.

아버지는 몹시 지치고 피곤한 모습으로 장남인 내 앞에 나타났다. 아버지가 죽음과 싸우고 있음을 알게 된 건 그로부터 며칠 뒤였다. 처음에 아버지는 병을 숨긴 채 배가 아프다고만 했다. 자식들 걱정을 덜어주기 위해서였다. 그러나 아버지는 더는 손을 쓸 수 없는 위암 말기의 몸이었다.

처음 집을 떠났을 때, 아버지의 결심은 대단했다. 아버지는 돈을 벌 생각으로 무작정 상경해 닥치는 대로 일했다고 한다. 하지만 잠깐이었다. 이런저런 병치레를 하며 끼니를 때우는 게 고작이었다. 몸이 병드니 고향에 돌아갈 엄두가 나지 않았다. 하루 이틀 미루다가 어느새 15년 세월을 흘려보낸 것이다.

나는 영화에서나 볼 수 있는 비극적인 장면이 내게 닥쳐 있음을 보았다. 좀 넉넉할 때 오셨다면 얼마나 좋았을까. 좋은 병원에서 진찰도 받게 하고, 통증 없애는 주사도 놓아드리고 최소한 몇 년이라도 더 사실 수 있게 해드릴 수 있었을 텐데, 하필이면 가진 것 몽땅 털어먹고 빚까지 진 마당에 나타나실 줄이야.

며칠 뒤, 아버지와 나는 다시 만났다. 우리 부자는 공원에 앉아 오가는 사람들만 쓸쓸히 바라보았다. 비둘기들이 떼 지어 지나갔다. 비둘기만도 못한 삶이라는 생각이 들었다.

"신기야……. 미안하구나, 네가 힘든 줄 알았다면 나타나지 않는 건데……."

아버지는 배가 너무 아프다고 하소연했다. 배가 아파 진통제라도 사먹고 싶은데, 수중에 돈이 없다는 것이었다. 좀처럼 자식에게 그런 소리를 할 줄 모르던 아버지였다. 얼마나 고통스러우셨으면, 15년 만에 자식을 찾아와 진통제 말씀을 하셨을까. 당장 좋은 병원으로 모시고 싶었다. 그러나 어림없는 생각이었다. 나는 주머니를 뒤져보았다. 주머니엔 3만 원의 돈이 들어 있었다. 앞으로 일주일 이상 버텨야 할 돈이었다. 얼마간 모은 돈도 집으로 죄다 내려 보낸 터여서 전 재산이나 다름없었다. 비수기라 일도 뜸했다. 아버지의 딱한 사정을 알고도 도울 수 없는 나는 피눈물을 흘릴 수밖에 없었다.

"아버지, 이럴 게 아니라 일단 어디로 들어가지요."

돈이 줄어든다 해도 아버지에게 내 손으로 따뜻한 밥 한 끼 사 드리고 싶었다. 마침 설렁탕집이 눈에 띄었다. 그러나 아버지는 음식을 제대로 넘기지 못했다. 그래도 아버지는 맛있게 먹는 시늉을 했다. 식당을 나온 뒤 남은 돈을 모두 아버지 주머니에 넣어 드렸다.

"아버지, 죄송합니다. 가진 게 이것밖에 없어서……. 저 며칠만 기다리세요. 제가 돈 마련해서 아버지 진찰도 받게 해 드리고……."

아버지는 손을 내저었다.

"소용없단다. 나는 다만 통증을 멈출 진통제가 필요할 뿐이다. 언제가 될지 모르지만, 이 고단한 육신의 짐을 벗게 되는 그날까지면 돼."

그래도 맏이라고 나를 찾아온 아버지를 생각하니 견딜 수 없이 슬픔이 복받쳤다. 그러나 그 아버지에게 자식이 해 줄 수 있는 건 진통제가 고작이었다.

"여기서 이럴 게 아니라, 고향으로 내려가셔야 하겠어요."

"아니다, 나는 죽어도 고향으론 가지 않겠다. 가족을 버리고 나온 놈이 무슨 면목으로 고향엘 간단 말이냐."

갑자기 소매로 뚝뚝 눈물이 떨어졌다. 흐려진 시야 속으로 사람들이 굴절되어 지나갔다. 나는 아버지에게 등을 보이고 돌아섰다. 약해진 아버지 앞에서 눈물을 보이긴 싫었다. 식당 옆 화분에 국화가 노랗게 피어 있었다. 노란 국화잎 위로 눈물이 뚝뚝 떨어졌다.

"우린 모두 아버지를 용서했어요. 그리고 그건 아버지 잘못도 아니었는걸요. 살다보면 누구나 힘들 때가……."

나는 목이 잠겨 더 말을 잇지 못했다.

"정말 나를 용서할 수 있겠니?"

"그럼요, 오히려 아버님을 잘 돌봐드리지 못한 제가……."

아버지와 나는 지나가는 사람들도 잊고 깊게 포옹했다. 처음이자 마지막으로 나눈 아버지와의 포옹이었다.

나는 일단 아버지를 보내고 아는 사람에게 이리저리 연락을 취했다. 사업에 실패했다는 소문이 파다해서인지 친구들은 전화를 내켜하지 않았다. 염치 불구하고 나는 돈을 구했다. 가족들에게도 전화를 넣었다. 없는 와중에서도 얼마간의 돈을 만들 수 있었다.

한양대 병원에 아버지를 입원시켰다. 겨우 버티던 아버지는 입원 직후 급속도로 몸이 나빠졌다. 하루에도 몇 번씩 피를 토했고 입술을 깨물며 비명을 참았다. 나는 주치의였던 젊은 의사를 붙잡고 애원했다.

"고통만이라도 좀 덜게 해 주십시오."

"암세포가 뼛속까지 전이되었어요. 이런 경우 다른 사람보다 고통이 훨씬 심하죠."

의사는 부질없으니 퇴원하는 게 낫겠다고 충고했다. 길어야 보름이라는 것이었다.

어쩔 수 없는 선택이었다. 그러나 아버지는 끝끝내 고향으로 돌아가길 원치 않으셨다. 할 수 없이 고향 가까운 요양원으로 아버지를 모셨다. 아버지 상태는 거동조차 할 수 없을 정도로 악화됐다.

며칠째 병간호를 하느라 뜬눈으로 지샌 어느 날이었다. 아버지는 모처럼 깊이 잠들어 있었다. 숨소리도 규칙적이었다. 마음이 놓인 나는 밖으로 나왔다. 감나무 울타리 사이로 붉은 해가 쏟아졌다. 나는 뜨락에 앉아 잠시 해를 바라보았다. 그러기를 몇십 분, 피곤에 지친 나는 그대로 고개를 숙였다.

깜박 잠이 들었을까. 갑자기 이마로 서늘한 번개가 느껴졌다. 이어 천지를 뒤흔드는 천둥소리가 들렸다. 사방이 하얗게 변하며 나는 퍼뜩 정신을 차렸다. 현실인지 꿈인지 구분되지 않았다. 아무래도 예감이 이상했다. 나는 깜짝 놀라 방으로 뛰어 들어갔다. 규칙적으로 들리던 아버지 숨소리가 들리지 않았다.

향년 59세. 아버지는 그렇게 돌아가셨다. 요양원으로 옮긴 지 13일째 되던 날이었다.

무슨 말씀을 하시던 참인지 입이 가볍게 벌어져 있었다. 두 눈을 뜨고 허공을 응시한 채였다. 나는 떨어지는 눈물을 소매로 훔치며 눈을 감겨 드렸다. 잠깐 방심하다가 임종마저 지키지 못했다는 사실에 숨이 막혔다. 아버지가 느꼈을 고통은 그날 이후 고스란히 내 가슴으로 옮겨졌다. 왜 진작 아버지를 찾지 못했단 말인가. 땅을 치고 후회해 봤자 다 소용없는 일이었다. 돌아가시고 난 뒤 이제 다 무슨 소용이란 말인가. 불러 보아도 더 이상 아버지는 돌아오지 않았다.

며칠 뒤, 나는 유품을 정리하기 위해 아버지 주소지를 찾아갔다. 왕십리에 위치한 허름한 단칸방이었다. 문을 열자 제일 먼저 내 눈에 들어온 것은 방 안에 여기저기 널린 약 봉투들이었다. 약 봉투는 이미 몇 년씩 된 것들이었다.

나는 빈방에 한참동안 앉아 있었다. 재기를 위해 아버지가 견디었을 시간들을 생각하니 눈물이 앞을 가렸다. 깊은 병환의 아픔조차 값싼 약으로 견디다가 고통 속에서 생을 마감한 것이다. 지금도 아버지를 생각하면 가슴 저 밑바닥부터 아프다.

미안해요. 아버지, 아버지…….

한겨울, 차가운 시멘트 바닥 위에 피어나는 꿈

—

가만, 그러고 보니 킥보드고 스케이트보드고 한 발로 열심히 땅을 굴러야 앞으로 나갈 수 있구나. 발을 땅에 대지 않고 몸의 움직임만으로 보드를 전진시킬 수는 없을까?

긴 겨울이 지나고 서울역에도 봄이 찾아왔다.

이제 노숙 생활도 어느 정도 이력이 붙은 상태였다. 봄이 되면 직장을 얻기로 마음을 굳힌 터였다. 나는 부지런히 신문과 생활정보지를 뒤지며 서울역 주변을 쏘다녔다. 그러던 어느 날이었다. 햇볕 따스하던 오후, 아이들 몇 명이 광장에서 무엇인가를 열심히 타고 있는 게 보였다.

아이들이 타고 놀던 것은 외발 보드였다. 좁은 구름판 앞뒤로 바퀴가 달렸고, 그 위에 T자 모양으로 손잡이가 솟은 물건이었다. 아이들은 한 발을 구름판에 올리고, 다른 발을 굴러 빠른 속도로 전진했다. 아이들이 머리를 찰랑거리며 지나갈 때마다 '드르륵' 바닥 긁는 소리가 났다.

"애들아, 그게 뭐냐?"

나는 그 중 한 아이를 붙잡고 물었다.

"킥보드요."

아이는 대수롭지 않게 대답했다. 첫눈에 보기에도 아이들을 위해 만들어진 제품이었다. 발판은 겨우 발 하나 올릴 수 있을 정도로 좁았고 바퀴도 약해 보였다. 손잡이도 아이들 키 높이에 맞춰져 있었다. 그때 퍼뜩 내 머릿속에 떠오르는 생각이 있었다.

'가만, 저걸 어른들이 탈 수 있도록 만들면 어떨까?'

나는 즉각 주머니에 넣어 두었던 수첩을 꺼내 킥보드를 스케치했다. 아이들이 사라진 뒤 킥보드 그림을 놓고 이리저리 생각에 잠겼다. 바퀴와 몸체를 튼튼하게 바꾸면 어른들이 탈 수 있는 킥보드를 만들 수 있을 것 같았다. 문제는 손잡이였다. 아이들과 달리 어른용은 손잡이가 필요 없을 것이다.

'그렇다!'

한번 생각이 떠오르면 곧바로 실행하는 게 내 성미다. 나는 곧장 인근에 있는 고물상으로 달려갔다. 예상대로 고물상에는 고장난 킥보드가 여러 개 수집돼 있었다.

"저걸 하나만 얻을 수 없을까요?"

나는 고개를 숙이고 고물상 주인에게 사정했다.

"다 고장이 난 걸 뭐에 쓰려고 그러슈?"

고물상 주인은 별 사람을 다 보겠다는 표정으로 킥보드 하나를 내게 내밀었다. 나는 내친김에 쇠톱을 얻어 킥보드 손잡이를 잘라냈다. 그런 다음 버둥거리며 킥보드 위에 올라탔다. 바퀴가 두 개뿐이어서 중심 잡기가 쉽지 않았다.

"아니, 별 사람을 다 보겠네. 아 멀쩡한 손잡이 잘라내고 뭐 하는 거요? 애들도 아니고."

고물상 주인이 관심을 보이며 다가왔다.

"아, 예. 생각난 게 있어서요."

"거 보아하니 손잡이 없는 보드를 생각하고 있는 모양이군. 괜한 헛수고하지 마시오. 그런 거라면 이미 상품으로 나온 지 오래됐으니까."

주인은 반으로 갈라져 사용할 수 없게 된 보드 하나를 찾아왔다. 이름하여 스케이트보드였다. 발판 크기도 어른이 사용할 수 있게 넉넉했고, 재질도 튼튼했다. 바퀴도 기존의 킥보드와 달리 네 개나 달려 있어 중심 잡기도 쉬워 보였다. 나는 킥보드와 스케이트보드를 가지고 남산으로 향했다. 식물원 근처에는 평소 눈여겨 봐 두었던 넓은 공터가 있었다. 나는 벤치에 앉아 이런저런 생각에 잠겼다.

'킥보드의 기능을 살린 제품이 스케이트보드다. 아니 어쩌면 스케이트보드에서 킥보드를 생각해냈는지도 모른다. 하지만 두 제품 모두 어딘지 모르게 불안정하다. 하나는 어른용이고, 하나는 아이들용인 점도 문제다. 어른과 아이 할 것 없이 함께 타고 놀 수 있는 제품을 만들 수는 없을까?

그날도 호기심을 가지고 생각에 몰두하는 평소의 습관대로 여지없이 상상의 나래를 폈다.

'가만, 그리고 보니 킥보드고 스케이트보드 모두 한 발로 열심히 땅을 굴러야 앞으로 나갈 수 있구나. 발을 땅에 대지 않고 몸의 움직임만으로 보드를 전진시킬 수는 없을까? 그런 보드를 만들 수 있다면 상식을 뒤엎는 새로운 개념의 제품을 만들 수 있을 텐데…….'

나는 수첩을 꺼내 새로운 스케이트보드의 모델을 스케치했다.

'그러고 보니 스케이트보드는 바퀴가 네 개 달려 있어 매우 불편하겠구나. 바퀴가 네 개면 좁은 공간에서는 탈 수가 없지. 또 코너를 돌 때도 동선을 크게 그리게 되어 불편할 테고……. 레포츠 기구가 모든 사람에게 사랑을 받으려면 좁은 공간에서도 마음껏 탈 수 있어야 한다.

그렇다면?

나는 즉시 스케치한 스케이트보드에서 앞뒤 바퀴를 하나씩 지웠다. 스케이트보드의 몸체와 킥보드의 바퀴가 결합한 형태였다.

'그렇지! 두 발 달린 스케이트보드가 나온다면 코너를 돌 때도 유연하고 훨씬 더 재미가 있겠지. 사람들은 만들어 보지도 않고, 지레 바퀴 두 개짜리는 중심을 잡기가 힘들 거라고 생각한 모양이구나.'

그 순간 처음 자전거 배우던 때가 떠올랐다. 바퀴가 두 개에 불과한 자전거지만 관성이 붙으면 옆으로 쓰러지는 법 없이 앞으로 잘 나아간다.

'그래, 할 수 있다!'

나는 두 바퀴만으로도 충분히 앞으로 나아갈 수 있다는 확신을 가졌다. 하지만 그것만으론 부족했다. 기존의 외발 보드를 이용해 스케이트보드처럼 중심을 잡을 수 있다 해도 추진이 문제였다. 기존 보드처럼 한 발로 땅을 굴러 앞으로 나간다면 굳이 두 바퀴 보드를 만들 이유가 없었다.

'문제는 땅을 구르지 않고 앞으로 나아가야 한다는 거다.'

생각은 거기서 더 진전되지 않았다. 나는 고물상에서 얻은 물건을 숲 한쪽에 몰래 감춰놓고 산을 내려왔다. 내 자신에게 스스로 약속한 대로 노숙 생활을 끝내야 할 시점이 다가와 있었기 때문이다.

그로부터 며칠 뒤 나는 우연히 옛 지인을 만난다. 예전에 함께 침대 영업을 하던 사람이었다. 저간의 사정을 전해들은 그는 곧장 내 손목을 잡아끌며 함께 일하자고 했다. 그 역시 IMF를 만나 영업 손실을 입고 새로운 제품에 뛰어든 처지였다.

"그래, 무슨 일을 하고 계십니까?"

"침대 장사가 어딜 가겠나? 침대지. IMF 때 고생 좀 했지만 다행히도 경기가 살아나고 있네. 자네는 남보다 성실하니까 충분히 물건을 팔 수 있을 거야. 일단 내 밑에 와서 일도 배우고 영업을 좀 해주게."

그는 '에어침대'를 팔고 있었다. 에어침대는 말 그대로 매트리스 대신 공기를 이용한 침대였다. 요즘도 가끔씩 홈쇼핑에서 에어침대가 팔리고 있지만 당시로선 그가 처음이었다.

"침대라면 이제 쳐다보기도 싫습니다."

나는 짐짓 고개를 돌렸다.

"이 사람, 누가 평생 침대 영업만 하라고 했나? 일 좀 익히다 보면 뭔가 재기할 수 있는 계기가 생기지 않겠는가?"

드디어 노숙을 벗어날 때가 왔음을 직감했다.

"좋습니다. 한번 해 보겠습니다."

나는 악수를 한 뒤 그를 따라 나섰다. 부도와 아버지의 죽음, 노숙자 생활까지 마침내 97년부터 시작된 긴 어둠의 터널을 마침내 벗어나는 순간이었다. 2001년, 마흔을 넘긴 나이였다.

그날 저녁, 나는 포이동에 있는 월 10만 원짜리 고시원에 숙소를 마련했다. 가장 싼 집의 가장 허름한 공간이었다. 다음날부터 나는 미친 사람처럼 에어침대 판매 사업에 뛰어들었다. 오랫동안 잊고 지냈던 열정이 일시에 되살아났다. 그러나 경기 때문인지 판매는 예전처럼 순조롭지 못했다. 그래도 나는 행복했다. 내가 일할 수 있는 직장이 있었기 때문이다.

그 와중에서 내 머릿속을 떠나지 않는 생각이 하나 있었다. 그건 바로 두 바퀴 보드였다. 침대를 팔기 위해 전국을 누비는 중에도 나는 수시로 보드 생각에 잠겼다.

'어떻게 하면 발로 땅을 구르지 않고 보드를 전진시킬 수 있을까?'

'흔들흔들' 그래, 바로 이거야!

어머니, 저건 왜 그래요?

작은 교회당에서

그래, 바로 이거야

내 뼈가 다 부러진다 해도

일단 첫 발짝을 떼었으나…

가시밭 속에도 한 줄기 길이 있었으니

어머니, 저건 왜 그래요?

—

사물에 대한 끝없는 호기심이 오늘의 나를 만들었다.

무더위가 한창 기승을 부리던 1928년 여름의 일이었다. 영국 런던에 위치한 세인트 메리 의학대학교 병원 연구실은 작은 소란에 휩싸였다. 실험에 쓰이는 세균배양 접시들 중 하나에 이물질인 푸른색 곰팡이가 피었기 때문이었다. 원인은 곧 밝혀졌다. 실험에 임했던 연구원 하나가 실수로 배양액 뚜껑 하나를 닫지 않았던 것이다.

"곰팡이가 피어 못쓰게 되었으니 실험을 다시 해야겠군."

교수들은 배양액 접시를 내다 버리게 했다. 배양액 접시를 들고 밖으로 나가게 된 이는 연구원 플레밍이었다. 접시를 들여다보고 있던 플레밍은 그러나 고개를 갸웃거렸다.

"그것 참 이상한 일이다. 왜 배양액 접시에 푸른곰팡이(Penicillium notatum)가 피었을까. 그렇다면 저 곰팡이가 배양액에 담긴 세균을 녹였다는 얘기가 아닌가."

플레밍은 배양액 접시를 연구실로 다시 가지고 들어가 그 사실을 연구원들에게 알렸다.

"아무래도 이상합니다. 포도상구균이 죄다 죽었습니다. 푸른곰팡이는 번식했고 말입니다."

그러나 다른 연구원들은 쳐다보지도 않았다.

"아니, 내용물이 공기와 접촉하면 곰팡이 피는 게 당연하지 않소? 그까짓 곰팡이를 무엇에 쓰려고 계속 끼고 있는 거요?"

그날 이후, 플레밍은 혼자서 접시에 핀 곰팡이를 연구하기 시작했다.

"도대체 곰팡이의 어떤 성분이 세균을 제압했을까?"

한쪽 접시에는 푸른곰팡이를 배양하고, 다른 접시에는 기존의 세균 배양액을 넣어 증식시켰다. 푸른곰팡이가 자라자 그곳에 증식하던 각종 세균을 넣어 보았다. 그러나 장티푸스균이나 대장균은 푸른곰팡이에 아무런 반응도 나타내지 않았다.

낙담하던 플레밍은 이번에는 인체에 부스럼을 일으키는 세균을 넣어 보았다. 세균은 즉각 활동을 멈추고 죽어버렸다. 플레밍은 계속해서 세균을 투여했다. 그 결과 화농균, 임균, 디프테리아균 등이 푸른곰팡이를 만나면 죽는다는 사실을 발견했다.

무엇보다도 큰 발견은 푸른곰팡이가 폐렴균을 박멸해 폐렴을 완치할 수 있는 길이 열렸다는 점이었다. 해마다 수만 명의 사람이 폐렴을 앓던 상황이었다. 호기심에서 비롯된 플레밍의 위대한 발견은 훗날 페니실린(penicillin)의 개발로 이어졌고, 많은 사람들의 생명을 구하게 되었다.

이렇듯 인류가 개발한 많은 발명과 발견은 사소한 호기심에서 시작되었다. 호기심은 사물에 대한 작은 관심으로부터 비롯된다. 저건 왜 그럴까? 이건 어떤 원리로 만들어졌을까? 저건 왜 저래야만 하는가? 다른 방법은 없을까?

나는 사물을 세심히 관찰하는 버릇이 있다. 그건 내가 아주 어렸을 때부터 시작된 버릇이었다. 그리고 관찰로 그치지 않고 반드시 그 원인을 알아내야 직성이 풀렸다. 글을 마음대로 읽을 수 없었던 유년 시절엔 끝없이 질문을 던져 주변 사람들을 괴롭혔다. 가장 편한 상대는 어머니였다. 나는 늘상 어머니 뒤를 졸졸 따라다니며 질문했다.

"어머니, 저건 왜 그래요?"

눈에 보이는 아주 사소한 변화들이 모두 질문 대상이었다. 해가 지면 날이 어두워지는 현상도, 가끔씩 집에서 기르던 소의 쇠뿔이 빠지는 것도, 밥을 먹으면 트림을 하는 이유도 내겐 다 신기하고 궁금한 일이었다. 그때마다 어머니는 한 번도 귀찮아하지 않고 내 질문에 답을 해주셨다. 가끔 이해 못할 황당한 질문을 던지면 어머니는 대답을 하는 데 애를 먹곤 하셨다.

글을 배운 뒤에는 책을 통해 궁금한 것들을 하나씩 알아 나갔다. 시골 초등학교의 작은 도서관은 늘 내 단골 방문지였다. 점심시간이면 일찌감치 도시락을 먹고 도서관에서 처박혀 이런저런 책을 읽느라 정신을 빼앗겼다. 도서관에는 적은 분량이나마 소년소녀 과학문고 같은 시리즈가 있었다. 과학자들의 전기와 우주의 신비, 각종 기계의 원리, 동?식물에 관한 책들은 나의 단골 독서 메뉴였다. 어떤 때는 책 읽기에 정신을 팔려 수업종 치는 소리를 듣지 못하기도 했다.

때로는 호기심이 지나쳐 사고를 부르기도 했다. 초등학교 5학년 때로 기억된다. 일요일, 나는 사촌동생을 데리고 산으로 올라갔다. 오랫

동안 궁금했던 일을 내 눈으로 확인하기 위해서였다.

시골 마을이라 그런지 동네엔 새들이 참 많았다. 가을이면 소쩍소쩍 우는 소쩍새도 있었고 사납게 생긴 부엉이도 가끔씩 목격됐다. 벼를 말리는 곳에는 어김없이 참새떼가 나타났고 뒤란에는 굴뚝새가 살았다. 이따금씩 '딱딱딱' 하는 소리가 주기적으로 들려오기도 했는데, 그건 딱따구리가 나무에 구멍을 내는 소리였다. 까치, 까마귀는 마을에서 사람과 함께 살았고, 우는 소리가 아름다운 유리딱새, 휘파람새 같은 새들도 있었다.

내가 궁금했던 것은 그 많은 새들이 어떻게 태어나는가, 하는 점이었다. 책을 통해 나는 새가 인간과 달리 알을 통해 태어난다는 걸 알고 있었다. 그날 내 산행의 목표는 알을 얻는 일이었다. 새집을 찾아 알을 꺼내고 그 알을 집으로 가지고 돌아와 따스한 아랫목에 놓아둔 뒤, 실제로 새가 태어나는지 알아볼 참이었다.

나는 사촌동생과 새집을 찾기 위해 점점 숲속으로 깊이 들어갔다. 새들은 수풀 속에 몸을 감추고 아름다운 소리로 울었다. 그러나 새집은 쉽사리 발견되지 않았다. 반나절이 지나서야 우리는 겨우 소나무 꼭대기에 지어진 새집을 발견할 수 있었다. 가지 위에 지어진 새집은 크고 튼튼해 보였다. 나무 넝쿨과 지푸라기 같은 것을 이용해 아랍 사람들이 쓰는 터번처럼 둥글게 말아 올린 형태였다.

안에 새 알이 실제로 들었는지는 알 수 없었다. 나는 우선 새집 있는 곳까지 올라가 보기로 했다. 새알을 담기 위해 가져왔던 채집망을 사촌에게 맡긴 후 버둥거리며 소나무를 기어올랐다. 나무를 오르는 일은 생각보다 쉽지 않았다. 잿빛 콩새 한 마리가 날아와 불안한 듯 지저귀기 시작했다. 새집의 주인인 모양이었다.

나무가 둥글게 휜 탓에 나는 가까스로 중간 부분까지 오를 수 있었다. 그런데 다음 가지를 짚기 위해 손을 쭉 뻗었을 때였다. 갑자기 나무가 툭 부러졌다. 썩은 삭정이인 줄 모르고 붙잡았던 것이다.

"아앗!"

나는 떨어지지 않으려고 필사적으로 나무에 매달렸다. 하지만 그게 더 큰 화를 불렀다. 나무 기둥을 타고 미끄러지던 나는 그만 뾰족 튀어나온 가지에 왼쪽 눈을 찔리며 아래로 떨어졌다. 순식간에 피가 흥건하게 쏟아졌다. 엄청난 통증이 몰려왔다. 나는 순간적으로 눈알이 빠졌다고 생각했다.

사촌의 부축을 받으며 기다시피 마을로 내려왔다. 그러나 큰 병원은 엄두도 내지 못할 정도로 먹고사는 데 바쁜 시절이었다. 사람들은 나를 이웃마을 의원 집으로 데려갔다. 의원의 진단에 의해 비로소 나는 눈까풀이 찢어졌다는 것을 알 수 있었다. 조금만 나뭇가지가 안쪽으로 박혔어도 실명하고 자칫 뇌까지 다칠 수 있는 위험한 상황이었다.

의원은 상처를 소독하고 그 자리에서 바늘로 눈까풀을 꿰맸다. 그러나 웬일인지 상처는 쉽게 낫지 않았다. 일주일이 지나도 눈의 통증은 심해지기만 했다. 눈이 보이기는커녕 제대로 뜨기조차 힘들었다. 달리 방법이 없었으므로 다시 그 의원을 찾아갔다. 의원은 눈까풀을 까뒤집고 돋보기를 들어 살피기 시작했다. 잠시 후 의원은 안쪽에 이물질이 들어 있다고 진단했다. 꿰맸던 곳을 다시 찢으니 콩알만한 나무 조각이 나왔다. 처음 상처를 치료할 때 나무 조각을 안에 넣고 꿰맨 것이다.

눈이 어느 정도 낫자 나는 다시 그 소나무를 찾아갔다. 새집에 무엇이 들어 있는지 확인하지 않고는 견딜 수 없었기 때문이다. 나는 신발을 벗고 조심스럽게 나무를 기어올랐다. 새집은 그 자리에 있었지만 아무것도 들어 있지 않았다. 사람의 기척 때문인지 콩새는 멀리 옮겨간 뒤였다. 그 사건 이후 왼쪽 눈의 시력이 현저하게 약해졌다. 마취 없이 응급 수술을 두 번이나 했던 탓에 눈까풀에 흉터까지 남았다.

그날 이후에도 나는 호기심을 주체하지 못해 여러 가지 크고 작은 일을 저질렀다. 초등학교 등교길에 색깔이 화려한 이상한 나비를 쫓아갔다가 산속 깊은 곳에서 길을 잃은 적도 있었고, 중학교 때는 과학실에서 알 수 없는 종류의 여러 가지 약품을 섞었다가 가스가 발생해 선생님으로부터 꾸지람을 듣기도 했다.

그러나 사물에 대한 이런 호기심이 없었다면 에스보드는 탄생하지 못했을 것이다. 나는 어떤 물건이 눈에 띄면 그 물건의 원리를 생각하려고 애썼다. 또한 그 물건을 응용해 다른 것을 만들 수 있지 않을까 고민했다. 메모는 지금까지 변함없는 나의 생활 습관이다. 서울역에서 노숙자 생활을 할 때에도 나는 항상 옆구리에 노트를 끼고 다녔다. 아이디어가 떠오르면 그 자리에서 메모를 했고 신기한 물건을 발견하면 스케치했다.

현대 사회는 과학의 시대라고 해도 과언이 아니다. 과학은 인류가 세상을 보다 편리하게 살아갈 수 있는 원동력을 제공한다. 인간이 경험하는 의문의 세계, 궁금증으로부터 시작된 것이 발명과 발견이며 이로부터 과학이 시작되었다. 호기심이 발명의 씨앗을 뿌리고 줄기를 키워 열매를 맺고, 인류의 삶에 꼭 필요한 도구를 탄생시키는 것이다.

당장 거리로 나가 보자. 우리가 무심히 지나치는 사물에 수없이 많은 아이디어가 들어 있다. 자본주의 사회에서 아이디어는 곧 돈이자 경제다. 그러나 아이디어는 결코 우연히 발견되지 않는다. 사물에 호기심을 갖고, 남보다 생각을 달리하고, 그것을 얻고자 부단히 노력할 때 비로소 주어지는 것이다.

희망전도사 강신기가 전하는 아이디어맨의 생활 습관 다섯 가지

1. 사물에 버릇처럼 호기심을 갖는다.
2. 독서나 질문을 통해 생각을 키우고 확장하라.
3. 원리를 이해하고 타인과 다르게 생각하라.
4. 습관처럼 메모하고 스케치하라.
5. 확신이 서면 포기하지 말고 개발에 매달려라.

작은 교회당에서

—

나는 그냥 앉아 있었다. 어차피 수없이 잘못 짚고 휘돌아온 삶이었다. 기왕 잘못 온 길이라면 길의 끝까지 가 보고 싶었다.

서울역을 벗어난 이후, 내 삶은 조금씩 궤도를 찾아갔다.

나는 열심히 직장 생활에 임했다. 돈이 모이면 뭔가 새롭게 해 볼 수 있겠다는 희망도 생겼다. 그러나 내 기대는 오래지 않아 절망으로 바뀌었다. 무리한 사업 확장이 겹치면서 회사가 서서히 기울기 시작했던 것이다. 안타까웠지만 어쩔 수 없는 일이었다. 일개 직원이 어려운 회사를 위해 할 수 있는 일은 없었다.

결국 나는 회사를 그만두기로 결정했다. 아직 제대로 준비가 돼 있지 않았지만 무엇인가 다른 일을 찾아야 했다.

회사를 그만두기 전날, 나는 마지막 업무로 인해 평택에 있는 공장을 찾았다. 맡은 일과 관련해 이것저것 처리할 게 있었기 때문이다. 손에 든 것은 약도 한 장과 전화번호가 고작이었다. 본사공장은 영업만 했기 때문에 처음 가보는 처지였다.

늦은 저녁, 버스는 나를 평택 터미널에 내려놓았다. 다시 공장으로 가기 위해서는 마을 버스를 타야 했다. 종이를 주머니에 구겨 넣었기 때문인지 마을 이름이 잘 보이지 않았다. 나는 이 사람, 저 사람에게 길을 물어 겨우 침대 공장으로 가는 버스를 탔다. 버스는 낮게 깔린 땅거

미를 뚫고 시내를 벗어났다. 다리를 건너고 고개를 넘어 버스는 점점 외진 곳으로 들어갔다. 창밖의 풍경을 바라보며 나는 한숨을 내쉬었다.

'모처럼 직장을 잡았는데 다시 그만두게 되었구나……'

버스를 잘못 탄 걸 알게 된 건 한참 뒤였다. 20분이면 도착한다는 목적지는 30분이 지나도 나타나지 않았다. 사람들이 죄다 내리고 버스 안에는 이제 두어 명의 손님이 남아 있을 뿐이었다. 나는 급히 기사를 향해 달려갔다.

"이 버스, 교하로 가지 않습니까? 대명침대를 찾아가는 길입니다."

기사는 고개를 갸웃거렸다.

"뭔가 잘못 아신 것 같군요. 침대공장은 여기 없습니다. 가만있자 반대편에 침대공장이 하나 있긴 한데, 그러고 보니 버스를 잘못 타신 모양입니다. 대명침대라면 다른 버스를 타셔야 했습니다."

나는 약도가 적힌 종이를 꺼내 확인했다. 버스 번호와 마을 이름은 틀림없었다. 적어준 사람이 뭔가를 잘못 알고 실수를 했든지, 아니면 내가 뭔가를 오해하고 있든지 상황은 둘 중 하나였다.

"저, 대명침대로 가려면 어떻게 해야 합니까?"

"버스가 있긴 한데, 아마 끊어졌을 겁니다. 내려서 택시를 타시든가 아니면 회사로 전화를 걸어 사람을 나오라고 하십시오."

나는 기사가 다음 정거장에 버스를 세웠지만 내리지 않았다.

"안 내리고 뭐합니까?"

기사가 백미러를 보며 소리쳤다.

"그냥 가겠습니다. 끝까지 가보고 아니면 돌아오죠 뭐."

기사는 어이가 없는지 코웃음을 쳤다.

나는 그냥 앉아 있었다. 어차피 수없이 잘못 짚고 휘돌아온 삶이었다. 기왕 잘못 온 길이라면 길의 끝까지 가 보고 싶었다. 종점에 이르러 내가 잘못 온 길을 돌아보고 그때 다시 돌아와도 늦지는 않으리라. 그것은 내 생활신조이기도 했다. 노숙자가 되어 스스로 생의 막장으로 걸어 내려간 것도 그런 이유에서였다. 어차피 잘못 접어든 길이라면 오십 보 지점에서 되돌아서든 백 보 지점에서 돌아서든 다를 건 하나도 없다. 그러나 오십 보 지점에서 돌아선 이들은 알지 못한다. 생의 막장이 어떤 것인지. 잘못 돌아간 길의 끝에 무엇이 있었는지 알지 못하는 것이다.

결국 나는 종점까지 간 뒤 버스를 내렸다. 종점 차부로 들어가 인근에 침대공장이 있는지 물어보았다. 주인 여자는 고개를 흔들었다. 목구멍까지 갈증이 차올랐다. 넘어지고 엎어지면서 여기까지 걸어온 삶이었다. 이제 더는 잘못 돌아갈 길도 없겠다는 생각이 들었다. 나는 음료수 하나를 사들고 천천히 가게를 빠져나왔다. 오늘 목적지에 닿지 못했다면 내일 찾아가면 그만이리라.

차부를 나서자 작은 언덕길이 나타났다. 어둠이 깃털처럼 내려앉고 있었다. 언덕 너머에 작은 불빛 하나가 별빛처럼 흔들렸다. 나도 모르게 발길이 그쪽으로 향했다. 오솔길 주변은 온통 코스모스 천지였다. 바람이 불 때마다 코스모스 향내가 코끝에 달려들었다.

　언덕을 더듬어 내려가자 뜻밖에도 작은 교회가 나타났다. 바람이 불 때마다 능선을 타고 코스모스 향내가 흩어졌다. 아름다운 풍경이었다. 무엇에 이끌리듯 나도 모르게 교회로 발걸음을 옮겼다. 예배당에서 희미하게 실내등 불빛이 흘러나왔다. 나는 조용히 예배당 문을 열고 들어섰다. 20평이 채 될까 말까 한 아주 작은 교회였다. 창문엔 붉은 커튼이 걸려 있었다. 정면 벽에 걸린 십자가와 탁자 하나가 실내장식의 전부였다.

　나는 신발을 벗고 정면으로 걸어갔다. 예배당엔 아무도 없었다. 남동생이 목회자의 길을 가고 있지만 나는 그때까지 특별한 종교가 없었다. 동생은 내게 여러 차례 하나님을 만날 것을 권유했다. 나는 그때마다 거절했다. 종교를 받아들일 마음의 여유가 없었다. 본래의 신성함을 잃고 세속화된 종교에 거부감이 있었기 때문이다.

　나는 무릎을 꿇고 조용히 십자가 아래 앉았다. 정신이 맑아졌다. 편안한 느낌이 온몸을 타고 흘렀다. 나는 신이 정말 있는지, 주님이 실재했는지 그런 건 알지 못했다. 다만 그 순간만큼은 맑은 마음으로 기도를 드렸다. 시끄럽던 세상의 모든 소리가 일시에 소거되고 갈등하던 마음이 하나로 집중되었다.

　"하나님, 누구보다 열심히 살겠습니다. 한 번만 제게 기회를 주십시오. 제가 용기를 잃지 않도록 지켜주시고 어려움을 극복할 수 있는 지혜를 주십시오. 그동안 자식들에게 아빠 노릇을, 아내에게 남편 노릇을, 부모님께 아들 노릇을 한번 제대로 하지 못했습니다. 가족들과 더불어 행복하게 살 수 있는 희망과 용기를 주십시오."

나는 점점 더 기도의 무아지경에 빠져들었다. 마음이 열리고 가슴 저 밑바닥에 가라앉아 있던 고통과 번민의 씨앗들이 포자가 터지듯 하나하나 터져 나왔다.

"그동안 살아오면서 알게 모르게 많은 죄를 저질렀습니다. 저로 인해 피해를 본 사람들이 고통에 빠져 있다면 그 고통을 거두어 주십시오. 가난과 고통에 빠져 있는 이들에게 꿈과 희망을 주시고 그들이 다시 일어설 수 있도록 도와주십시오……."

기도가 계속될수록 마음이 맑아지며 기운이 솟았다. 그건 그동안 내가 알지 못했던 새로운 경험이었다.

기도가 끝난 뒤, 나는 다시 교회를 나와 언덕으로 올라갔다. 마을에서 흘러나온 불빛들이 별자리처럼 드문드문 박혀 있었다. 나는 주머니 속에 깊숙이 넣어둔 드링크 병을 꺼냈다. 노숙자 생활을 시작하기 전, 독한 마음으로 준비했던 독약이었다. 나는 허공을 향해 힘껏 드링크 병을 집어던졌다. 유성 하나가 길게 꼬리를 그으며 동쪽으로 흘러갔다.

그날 이후, 나는 가끔씩 그 작은 교회를 찾아갔다.

일요일 저녁 예배를 보기도 했고, 수요예배와 금요철야예배를 보기도 했다. 때로는 새벽기도를 위해 달려가기도 했다. 젊고 열정적인 목사님과 가족처럼 서로를 보듬어 주는 교인들, 그들을 볼 때마다 마음이 참 편했다.

기도를 하면 할수록 엄청난 에너지가 내부에 자리잡음을 느꼈다. 기도는 우리를 반드시 희망으로 안내한다. 꼭 큰 교회라고 해서 기도의 효과가 뛰어난 것은 아니다. 하나님은 큰 교회, 작은 교회를 가리지 않는다. 하나님은 순수한 마음을 보신다. 어쩌면 기도는 종교 그 자체를 초월한 것인지도 모른다.

내 가족과 내 안위로 가득 찼던 기도 내용은 점차 이웃을 위한 기도로 옮겨갔다. 기도하는 날이 계속되면서 나는 마음의 평화를 얻었으며, 그렇게 얻게 된 평화를 통해 감사하는 마음을 배웠다.

그래, 바로 이거야

—

물건을 보는 순간 나도 모르게 소리를 질렀다. "그래, 바로 이거다!"

어렵게 시작한 일을 그만두고 나는 다시 백수가 되었다. 일자리를 찾아야 했으므로 부지런히 여기저기 돌아다녔다. 사람들을 만나는 가운데 내가 할 수 있는 일이 있는지 알아보기 위해서였다.

그러는 가운데에도 나는 보드에 대한 연구를 계속했다. 손잡이 잘라낸 킥보드와 부러진 스케이트보드를 좁은 고시원에 갖다 놓고 매일같이 눈을 맞추었다.

생각은 전보다 더욱 확장을 거듭한 상태였다. 꼼꼼하게 살펴보니 킥보드의 새로운 면이 보이기 시작했다. 그건 잘라낸 손잡이였다. T자 손잡이는 손잡이 구실 이외에 한 가지 기능이 더 있었다. 바로 손잡이 끝부분이 앞바퀴와 연결되어 방향을 틀 수 있도록 설계된 것이다. 사소한 것처럼 보이지만 그건 대단히 큰 발견이었다.

이번에는 스케이트보드를 살폈다. 스케이트보드는 바퀴가 앞쪽으로만 고정돼 있었다. 따라서 방향을 트는 일이 부자연스러웠다. 방향을 틀기 위해서는 크게 중심을 이동시키거나 앞바퀴를 들어줘야 하는 것이다.

연상은 꼬리에 꼬리를 물었다. 스케이트보드에 바퀴를 네 개 단 건 중심을 잡기 쉽도록 하기 위해서다. 그러나 방향 전환이 쉽지 않고, 평지에서는 한 발로 땅을 차야 하는 단점이 있다. 킥보드는 그런 단점을 없애기 위해 바퀴를 외발로 두 개만 달았다. 대신에 손잡이를 달아 앞바퀴로 방향을 튼다. 그렇다면 스케이트보드에 바퀴를 두 개만 달면 어떨까? 두 개만 달되, 두 개 모두 고정시키지 않고 제각각 바퀴가 사방으로 돌게 하면 어떨까? 그렇게만 할 수 있다면 자유자재로 방향을 전환할 수 있지 않을까?

생각은 거기까지 진전되었다. 바퀴를 두 개만 다는 것에서 바퀴를 고정시키지 않는 데까지 생각이 발전한 것이다. 그것은 엄청난 진보였다.

새롭게 아이디어를 얻게 된 건 그로부터 며칠 뒤였다. 그날도 일거리를 찾기 위해 여기저기 돌아다니던 참이었다. 화양동을 지나다가 나는 근처에 친구 사무실이 있다는 걸 기억해 냈다. 한동안 절친했으나 사업이 어려워진 이후 연락이 끊긴 이(李)라는 친구였다. 얼굴도 볼 겸, 하고 있는 일도 구경할 겸, 친구 사무실을 찾게 되었다.

"지나가다 네 생각이 나서 들렀다. 잘 지내지?"

친구와 반갑게 인사를 나누었다. 그는 공대를 나와 건축설비 일을 하던, 머리가 비상한 친구였다. 우리는 차를 마시며 그동안 겪었던 일로 안부를 대신했다. IMF를 맞아 사업이 어려워진 친구 역시 힘겹게 고비를 넘기는 중이었다.

"그래, 요즘은 뭘 하고 있어?"

"하던 일이 여의치 않아 이것저것 일자리를 알아보고 있어."

"안 됐군. 나라도 괜찮으면 도움을 줄 수 있을 텐데."

"말이라도 고맙네."

시간이 돼 자리를 털고 일어나던 나는 뜻밖의 물건을 보게 되었다. 사무실 복도 밖에서 한 젊은이가 이상하게 생긴 합판을 타고 있었던 것이다. 청년은 몸을 좌우로 기우뚱거리며 발판을 움직이고 있었다. 거짓말처럼 합판이 앞으로 굴러갔다.

'저게 뭘까?'

나도 모르게 그쪽으로 다가갔다. 물건을 살피던 나는 하마터면 숨이 멎을 뻔했다. 청년이 타고 있던 합판은 하나가 아니라 두 개였다. 타원형의 큰 합판 두 개를 쇠막대기로 이어 놓았는데 각각의 합판 밑에는 바퀴가 달려 있는 게 아닌가?

'보드는 보든데 도대체 저게 뭐지?'

바퀴는 쇼핑 카 밑에 달린 것과 비슷했다. 양쪽 합판 중앙에 볼트를 이용해 단단하게 조여 놓았는데, 그럭저럭 바퀴 구실을 하는 듯 보였다.

"처음 보는 물건이군요. 이게 어떤 원리로 만들어졌습니까?"

나는 청년을 붙잡고 물었다.

"덩치가 큰 스케이트보드를 둘로 나누어 양쪽에 바퀴를 달았습니다."

청년은 대수롭지 않게 대답했다.

나는 정신이 번쩍 들었다. 지금까지 고심했으나 한 발짝도 나가지 못하고 막혀 있던 보드의 다음 버전이 거기 놓여 있었던 것이다. 그 물건을 보는 순간 나도 모르게 소리를 질렀다.

"그래, 바로 이거다!"

청년이 타고 있던 합판 보드는 스케이트보드에 외발 바퀴를 다는 일과 각각의 바퀴를 360도 자유롭게 회전할 수 있게 하는 것에서 생각이 한 발 더 나아가 있었다. 그것은 바로 보드를 둘로 나누는 일이었다. 둘로 나뉜 보드를 보는 순간, 나는 한쪽 발로 보드를 밀며 가속력에 의지해 앞으로 나아가는 스케이트보드의 단점을 보완할 수 있는 획기적인 개발품이 나올 수 있겠다는 확신에 사로잡혔다.

"야, 이거 참 신기한 물건이군요. 그래, 발판을 이렇게 둘로 나눈 이유는 무엇입니까?"

내 질문은 쉬지 않고 이어졌다. 가뜩이나 중심을 잡기 힘든 마당에 발판을 둘로 나누었다는 게 언뜻 이해되지 않았다.

"글쎄, 아직 연구가 완전하진 않지만 양쪽 발판이 각자 힘을 받게 되면 거기서 발생하는 힘은 서로 교차하게 되고, 사람은 넘어지지 않기

위해 반대편 발판 쪽으로 몸이 기울게 되니까 추진력이 생길 거라는 생
각을 해 본 겁니다.”

발판이 제각각 회전할 것이라는 내 생각은 기우였다. 양쪽 발판 사이
에 노란 고무줄을 연결해 발판을 서로 당기게 해 놓았던 것이다.

“제가 한번 타 볼 수 있을까요?”

청년은 흔쾌히 수락했다.

나는 곧장 발판 위에 올라섰다. 몸이 중심을 잃고 기우뚱했다.

“외발이라 어려울 것 같지만 자꾸 연습하면 누구나 쉽게 탈 수 있을
겁니다.”

청년이 웃으며 조언했다.

“저, 어떤 동기로 이런 걸 만들게 되었나요?”

나는 누군가 나와 비슷한 생각을 하고 있었다는 게 신기해서 물었다.

“뭐 새롭게 탈 만한 게 없을까 하고 고민하다 대학 친구들과 함께 만
들어 본 겁니다.”

그 청년은 모 대학 물리학과 출신으로 기계 역학에 조예가 깊은 사람
이었다.

“저, 실례가 되겠지만 이것을 좀 빌릴 수 있겠습니까?”

나는 그동안 내가 품고 있던 생각을 청년에게 말했다. 그리고 디자인
을 바꾸고 속도를 낼 수 있는 원리를 더 연구해 제품으로 만들어 보자
는 제의도 했다. 설명을 듣고 난 뒤, 청년은 고개를 갸웃거렸다.

“글쎄, 괜한 일을 하시는 건 아닌지 모르겠습니다. 사실은 물건이 되

겠다 싶어 특허까지 내놓았지만 이후 확신이 서질 않아서 포기한 상태입니다."

"일단 부딪혀 보기라도 해야지요?"

"상품이 되려면 돈이 엄청나게 많이 드는데, 이 불경기에 누가 투자를 하려고 해야 말이지요. 전에도 이걸 가지고 제품을 만들어 보고 싶다는 사람이 있었는데, 시간이 지나니까 감감 무소식이더라고요."

"제가 한번 도전해 보겠습니다. 우선 이걸 좀 빌려 주십시오."

나는 합판을 들어 가슴에 안았다. 조금만 아이디어를 더하면 분명 뭔가 개발할 수 있겠다는 확신이 섰다.

"그거야 어렵지 않은 일이죠."

청년은 고개를 끄덕였다.

"고맙습니다. 며칠 뒤 다시 들르겠습니다."

나는 청년이 건네준 바퀴 달린 합판을 들고 뛰듯이 사무실을 빠져나왔다. 무엇에 홀리기라도 한 듯 머릿속은 온통 보드에 관한 생각으로 가득 차 있었다.

내 뼈가 다 부러진다 해도

—

"저 넓은 세상을 향해, 나의 보드여, 마음껏 날아올라라!"

나는 합판 위로 몸을 날렸다. 산 밑에 당도할 때까지 결코 땅에 발을 딛지 않겠다는 당찬 각오였다.

　다음날, 나는 합판을 들고 무작정 밖으로 나갔다. 처음 찾아간 곳은 공원이었다. 나는 바퀴 달린 합판을 시멘트 바닥에 내려놓고 이리저리 굴려보았다. 합판은 중심을 잃고 이내 한쪽으로 기울었다. 옆으로 킥보드를 탄 아이들이 씽씽 지나갔다.

　나는 오로지 실험에 신경을 집중했다. 마침내 발을 딛고 바퀴 달린 합판 위에 올라섰다. 중심이 기울며 나는 그대로 넘어졌다. 지나치던 사람들이 호기심 어린 눈으로 바라보았다. 오기가 생긴 나는 다시 합판 위로 올라섰다. 운동이라면 무엇이든 자신이 있었다. 자전거도 앞으로 잘만 나아간다. 바퀴 두 개 달린 보드라고 해서 나가지 못할 이유가 없었다. 나는 바퀴 달린 합판을 타고 또 탔다. 10분쯤 지나자 널빤지 위에 중심을 잡고 올라설 수 있었다.

　그 다음 문제는 앞으로 나가는 것이었다. 쓰러지지 않기 위해 몸의 중심을 잡자 고무줄에 의해 합판이 움직였고, 그 힘으로 추진력이 생겼다. 바퀴가 달린 물체는 작은 힘에도 구르는 성질이 있다. 나무 합판도 예외는 아니어서 조금씩 앞으로 굴러갔다.

　'그럼, 그렇지!'

　나는 속으로 쾌재를 불렀다.

　타는 도구란 게 참 묘했다. 처음 자신에게 손길을 내미는 인간을 절대 순순히 받아주지 않는다. 어쭙잖게 덤비는 인간들은 팔다리 부러뜨려 놓고 접근하지 못하게 한다. 그러나 그러면 그럴수록 열의를 가지고 땀을 흘리며 이름 없는 네게 이름을 부여하리란 마음으로 덤볐다. 이 신기한 탈것도 조금씩 마음을 열기 시작했다. 한 발 올리기도 힘들었는데, 두 발을 올릴 수 있게 되고, 두 발 올리며 중심을 잡자 조금씩 앞으로 나아가기 시작했다.

한 시간쯤 뒤, 제법 몸을 자유롭게 움직이며 앞으로 전진하게 되었다. 두 시간이 흘렀을 때는 방향을 틀고 제법 속력도 낼 수 있었다. 가장 중요한 건 허리와 발목의 힘을 최대한 활용하는 것이었다. 왼발로 미는 동작을 하면서 오른발로는 당기는 동작을 반복했다.

'여기서 이럴 게 아니라 좀더 넓은 곳을 달려볼까?'

나는 바퀴 달린 합판을 들고 양재천으로 갔다. 점심시간이 훌쩍 지났지만 까맣게 잊어버리고 합판 타는 일에 매달렸다.

양재천은 공원과 비교할 수 없을 정도로 길이 좋았다. 자전거 도로가 잘 닦여 있어 평소 시민들의 많이 찾는 곳이다. 인라인은 물론 킥보드에서 스케이트보드까지, 평소에도 많은 레저용품들이 경연이라도 하듯 양재천 주변을 누볐다.

엉성한 나무 합판을 들고 나타난 나는 곧 사람들의 주목을 받았다. 나는 그들을 아랑곳하지 않고 자전거 도로에 섰다. 발을 교대로 움직이며 몸을 흔들자 합판은 유연하게 앞으로 나아갔다. 그러기를 몇 번, 나는 꽈당 소리를 내며 바닥으로 나뒹굴었다. 양쪽 합판을 이어놓은 고무 밴드가 끊어진 것이다. 나는 고무줄을 다시 잇고 연습에 매달렸다.

그때까지도 내 머릿속을 떠나지 않는 의문이 하나 있었다. 그것은 바로 합판의 추진력이었다. 합판에 바퀴를 달아 디자인을 하고 제품을 만든다고 해도 속도가 나지 않으면 소용이 없었다. 비슷한 기존 제품들처럼 한 발로 땅을 구르거나 언덕을 이용해 보드를 타야 한다면 굳이 새 제품을 만들어야 할 이유가 없었던 것이다.

추진 원리를 이해하면 속도를 보완하는 연구도 충분히 가능할 것 같았다. 발을 이용해 양쪽 합판에 교대로 힘을 주고 추진력을 얻는 현재의 원리만으로는 뭔가 아쉬운 부분이 있었다. 합판이 앞으로 미끄러질 때마다 이런저런 생각에 잠겼고 그러다가 균형을 잃고 넘어지길 반복했다. 그러기를 수백 차례. 자전거 도로가 끝나는 지점에 이르러 잠시 휴식을 취했다. 피곤이 몰려왔다. 종일 합판에 매달린 뒤끝이라 온몸이 쑤시고 저렸다. 바로 그때였다. 흘러가는 물결 위에 시선을 얹고 있던 나는 깜짝 놀랐다.

"아니!"

나도 모르게 벌떡 몸을 일으키고 물가로 달려갔다. 갈대를 헤집고 긴 물체 하나가 앞으로 나아가는 중이었다. 자세히 보니 그것은 물뱀이었다. 그때 전구가 켜지듯 머릿속이 환해졌다. 나는 새집을 털던 유년으로 돌아가 재빨리 뱀을 뒤쫓았다.

뱀은 몸을 연신 S자 모양으로 움직이며 앞으로 나아갔다. 그러다가 아코디언처럼 오므라뜨려 목을 길게 뺀 뒤에 뒷부분을 끌어당겨 전진하기도 하고, 머리와 꼬리에 가까운 부분만을 지면에 닿게 하고, 몸을

C형으로 구부려 머리를 내미는 동작을 반복했다. 애벌레처럼 복부에 있는 평평한 비늘로 지면을 스치며 몸의 위쪽 부분과 꼬리를 끌면서 전진하기도 했다.

"그래, 저 원리를 이용해 보자."

나는 생각을 정리하고 다시 합판 위로 올라섰다. 레포츠 기구의 생명은 여러 가지 다양한 묘기 연출에 있다. 단순하게 속도를 즐기는 시대는 지난 것이다. 합판에 오른 후, 나는 우선 뱀처럼 몸을 흔들어 보았다. 딱딱하던 동작이 한결 부드러워졌다. 고무줄을 압축 스프링으로 교체할 수만 있다면 작은 흔들림만으로도 스피드가 살아날 것 같았다. 이번에는 자세를 낮추었다가 몸을 일으켜 솟구친 뒤 다시 합판 위로 뛰어내려 보았다. 몇 번 넘어진 끝에 그 동작도 성공할 수 있었다. 앞으로만 전진하던 방식에서 벗어나 옆으로 타 보기도 하고, 달려들며 보드에 뛰어오르는 동작을 연습하기도 했다. 반복 연습을 계속하자 기술화시킬 수 있겠다는 확신이 섰다.

그로부터 며칠, 나는 바퀴 달린 합판을 끼고 동고동락했다. 처음 군대 들어가 훈련을 받을 때 총기취침이란 걸 한 적이 있다. "총은 애인이다!"라는 구호와 함께 총을 껴안고 잠드는 훈련이다. 총과 친숙해지기 위한 일종의 마인드컨트롤 훈련이었다.

나 역시 잠잘 때는 합판을 껴안고 잠이 들었다. 꿈에서도 바퀴 달린 합판을 타고 있었다. 제품으로 태어난 새로운 보드를 타고 신나게 길을 달리기도 했다. 나는 무서운 속력으로 자동차를 따라잡고 세계 곳곳을 누볐다. 그러다가 발을 헛디뎌 추락하기도 했다. 깨어보면 꿈이었다.

다음날에도, 그 다음날에도 연습은 계속됐다. 연습 장소도 다양했다. 건물 옥상에 올라가 시험을 하는가 하면 몰래 병원 주차장에 들어가 합판을 타기도 했다. 장소를 변경하며 시험한 이유는 제품이 되었을 때의 실용성을 테스트하기 위해서였다. 모든 사람의 사랑을 골고루 받는 제품이 탄생하기 위해서는 우선 어느 공간에서도 자유롭게 활용할 수 있어야 한다. 제품의 원리를 깨닫게 되자 다음으로 주목한 점은 이렇듯 실용적인 측면이었다.

"그래, 되겠어. 충분히 될 수 있어!"

일주일이 지나자 비로소 완전히 확신이 섰다.

그 짧은 일주일 동안, 나는 40여 년 살아오면서 넘어진 것보다 훨씬 더 많이 넘어졌다. 집으로 돌아오면 어김없이 그날 연습에 대한 기록을 꼼꼼하게 남겼다. 여러 가지 보완점과 실용적인 측면까지 나름대로 테스트를 마치자 그 다음 주목하게 된 건 안정성이었다.

소비자의 안전이 선행되지 않으면 아무리 좋은 개발품이라도 세상에 나오지 말아야 한다. 그건 제품을 개발하며 느낀 하나의 신념 같은 것이었다. 내가 수천 번 넘어짐으로 인해 문제가 개선된다면 그만큼 소비자의 안전이 보장되는 것이다. 따라서 아주 사소한 부분까지 주의를 기울여야 할 부분을 체크했고, 제품 개발에 활용하고자 했다.

일주일 되는 날, 바퀴 달린 합판을 끼고 남한산성으로 올라갔다. 산성에서 아래로 내려오는 길은 경사가 급해 위험했다. 수시로 차들이 지나쳐 자칫 잘못하면 다치기 십상이었다. 나는 제품을 구입한 소비자의 심정으로 안정성을 더 연구하고 싶었다.

산성 정상에 올라 나는 시내를 내려다보았다.

"저 넓은 세상을 향해, 나의 보드여, 마음껏 날아올라라!"

나는 합판 위로 몸을 날렸다. 산 밑에 당도할 때까지 결코 땅에 발을 딛지 않겠다는 당찬 각오였다. 발판에 힘을 줄 새도 없이 합판은 빠르게 아래로 미끄러졌다. 정말 무서운 속력이었다. 속도가 한계 상황에 이를 때마다 지그재그로 방향을 전환하여 속력을 줄였다. 간혹 뒤늦게 나를 발견한 차들이 경적을 울리며 스쳐 지나갔다.

그렇게 중간쯤 왔을 때였다. 감각적으로 내려갈 방향을 더듬던 나는 저만치 떨어진 나뭇가지를 보게 되었다. 그때 순간적으로 이런 생각이 들었다.

'저, 나뭇가지를 멋지게 뛰어넘어 보자.'

그러나 기계는 인간의 헛된 욕심을 허락하지 않았다. 합판을 튕겨 힘차게 솟구치는 순간, 그만 뒷바퀴가 나무에 걸리고 말았다. 본능적으로 바닥을 짚은 게 화근이었다. 오른쪽 팔꿈치가 뒤로 꺾이는 느낌이 들었다. 바닥을 짚으며 접질렸던 것이다. 다행히 부러지진 않은 모양이었다. 대신 엄청난 통증이 몰려왔다. 나는 중심을 잃고 그대로 넘어져 아스팔트를 데굴데굴 굴렀다. 그런 다음 도로를 벗어나 경사진 수풀로 추락했다. 자동차가 지나가지 않은 것이 천만다행이었다.

온몸이 몰매라도 맞은 듯 욱신거렸다. 나는 가까스로 정신을 차리고 도로로 올라섰다. 뒤로 꺾인 팔은 전혀 움직일 수 없었다.

그날의 일은 내게 큰 깨달음을 주었다. 나와 도구가 하나가 되지 않으면 안 된다. 내가 다루는 도구와 하나가 되어야만 그것이 해를 끼치지 않고 즐거움을 선사할 수 있다. 도구와 내가 분리되지 않고, 서로 한 몸이 되기 위해서는 안전이 전제되어야 한다. 그럴 때 그 도구는 비로소 인간에게 다가올 수 있다. 훗날 완전한 제품이 나오기까지 디자인은 물론 방향 캐스터나 토션바(회전 파이프) 등 제품의 핵심 기술들이 안전을 최우선에 두고 개발된 것은 이런 깨달음이 있었기에 가능한 것이었다.

일단 첫 발짝은 떼었으나…

"그런 합판짝을 들고 다녀 봤자 너에게 돈 내줄 사람은 없을 거야. 괜히 용쓰지 말고 일단 제품을 완성해서 네 이름으로 특허를 내도록 해."

내가 만나는 사람들 중에는 종종 왜 제품 이름을 에스보드로 지었냐고 묻는 이들이 있다. 바퀴 달린 합판이 에스보드(Essboard)라는 상품명으로 태어난 배경은 이렇다.

지하 주차장에서 보드를 연습할 때였다. 동선을 연구하기 위해 바퀴의 궤적을 들여다보고 있는데, 일정한 무늬가 계속 눈에 띄었다. 즉, 보드의 바퀴 자국이 S자 모양을 형성했던 것이다. 어떤 방식으로 보드를 움직여도 바퀴 자국은 항상 일정했다. 바퀴 자국과 함께 양재천에서 보았던 뱀의 전진 과정이 생각났다. 뱀은 몸을 좌우 S자 모양으로 흔들며 앞으로 나아갔다. 내가 타고 있던 합판 또한 몸을 흔들며 교대로 발판을 밟아 생기는 추진력으로 앞으로 나아갔고 그것을 증명이라도 하듯 선명한 S자 바퀴 자국이 생겨난 것이다.

"넌, 이제부터 에스보드야!"

나는 애마를 다루듯 그 자리에서 합판에다가 에스보드란 이름을 붙여주었다. 바퀴 달린 실험용 합판이 존재를 부여받고 하나의 생명으로 탄생하는 순간이었다.

에스보드에 대한 밑그림이 어느 정도 그려지자 다시 고민에 빠졌다. 과연 이걸 상품화할 수 있을지, 이 도구가 진정으로 인간을 즐겁게 할 수 있을지, 인간에게 피해를 주지는 않을지, 연일 복잡한 생각이 머리를 스치고 지나갔다.

마침내 나는 한번 부딪혀 보기로 결심을 했다. 우선 합판 보드를 들고 청년을 만나 속내를 털어놓았다.

"제가 한때 유통 쪽에서 크게 사업을 벌였던 적이 있습니다. 돌침대니 흙침대니 하는 건강 침대들을 가지고 전국을 무대로 영업을 했지요. 좋은 제품을 발명해 창고에 썩혀 두면 무슨 소용이 있겠습니까? 그걸 잘 개발해 널리 사람들에게 보급하고 즐거움을 줘야지요. 그게 진짜 발명 아니겠습니까?"

청년이 눈을 반짝이며 물었다.

"무슨 확신이라도 서신 모양이군요?"

"그래요. 넘어지고 또 넘어지면서 며칠 동안 합판을 타 보았습니다. 가장 큰 문제는 역시 바퀴와 고무줄이더군요. 그 다음 문제는 스피드를 올리고 디자인을 완성하는 일이고. 그러니까 바퀴의 기능을 보완하고 고무줄을 다른 것으로 대체할 수 있다면 세상을 깜짝 놀라게 할 제품이 탄생할 수 있겠다는 생각을 했습니다."

청년은 생각 끝에 대답했다.

"글쎄, 저는 당최 자신이 없습니다."

"그렇다면 저 물건에 관한 일체의 특허를 제게 양도해 주십시오. 제품에 대해 저 또한 따로 생각하고 있는 부분이 있으니까요. 사정이 어렵긴 하지만 개발 자금이 확보되는 대로 그 대가는 섭섭하지 않게 치러 드리겠습니다. 아이디어를 좀더 보완하고 디자인을 완성하게 되면 틀림없이 멋진 제품이 나올 수 있을 겁니다."

"그거야 어렵지 않지만, 누가 선뜻 돈을 투자하려고 할까요? 몇 억은 있어야 될 텐데……."

"실패를 하든 성공을 하든 한번 부딪히고 봐야지요. 이왕 시작하기로 한 것이니 죽이 되든 밥이 되든 끝까지 한번 가볼 생각입니다. 마음으로 기도나 많이 해 주십시오."

"그렇다면야……."

청년은 고개를 끄덕이며 허락했다.

그런 과정을 거쳐 나는 청년에게 아이디어 일체를 샀다.

제품의 방향이 잡히긴 했지만 거기서 끝난 게 아니었다. 제품을 만들기 위해서는 아직 넘어야 할 산이 많았다. 기술을 보완하기 위한 연구를 해야 했고, 디자인도 문제였다. 캐스터 개발과 양쪽 합판을 연결하는 중심 휠도 만들어야 했다. 가장 시급한 것은 바로 그런 일을 진행할 수 있는 개발자금을 모으는 일이었다.

나는 우선 시장조사에 착수하기로 했다. 아무리 제품에 확신이 선다 해도 시장조사는 필수였다. 시장조사 결과 다른 제품과 차별화할 수 있는 전략이 마련되었다. 다음으로 진행한 것이 선행기술조사였다. 선행기술조사는 대단히 중요한 항목이었다. 부품 하나, 바퀴 하나에 이르기까지 비슷한 발명품이 존재하면 모든 게 순식간에 물거품이 될 수 있었기 때문이다.

선행기술조사를 해보니 비슷한 유형의 보드가 많았다. 크나큰 위기였다. 그래서 기존 특허들을 일일이 분석했다. 그러나 기존 보드들은 우리와 기술 자체가 달랐다. 가장 다른 점은 에스보드에는 자체 추진력이 있다는 점이었다. 다른 제품들은 앞으로 추진력을 전달하는 방향성 캐스터가 없었다. 중심 휠이 원상복귀되는 제품 또한 없었다. 기존 제품과 완전히 다른 새로운 제품이 탄생할 수 있다는 최종 확신을 가지게 된 선행기술조사였다.

다음은 본격적으로 개발자금 확보에 들어갔다.

돈을 구하는 일이 가장 험난한 가시밭길이었다. 친구와 선후배, 가족들을 가리지 않고 전화를 돌렸다. 한 차례 사업에 실패했던 터라 지인

들은 전화를 달가워하지 않았다. 조금이라도 여지가 보이면 나는 합판
에스보드를 들고 득달같이 달려갔다.

"자, 이걸 봐. 이걸 제품으로 만들면 틀림없이 성공할 수 있다니까."

친구들은 하나같이 고개를 저었다.

"아니, 어디서 다 낡은 널빤지를 구해다가 바퀴 두 개 달랑 달아놓고
사업을 하겠다고 그래?"

"이번 한번 나를 믿어봐. 틀림없이 크게 히트할 제품이니까."

그러나 사람들은 이구동성으로 말렸다. 마지막으로 화양동에 있는
친구 이(李)를 찾아갔다. 친구는 한참 생각에 잠겼다가 내게 충고했다.

"그런 합판짝을 들고 다녀 봤자 너에게 돈 내줄 사람은 없을 거야. 괜
히 용쓰지 말고 일단 제품을 새로 완성해서 네 이름으로 특허를 내도록
해. 뭐라도 믿는 구석이 있어야지 돈을 빌려줄게 아니야?"

친구의 말은 실로 정확한 것이었다. 입장을 바꾸어 생각해 보니 그
말이 분명 옳았다. 나는 경영에 대해 아는 바가 없었다. 침대 영업하듯
이 무턱대고 돌아다니기만 했던 것이다.

"이봐, 날 좀 도와줘. 넌 사업을 많이 해봤으니 나보다 경험이 더 풍
부할 거 아냐. 아이디어만 있지 그밖에 난 아무 것도 몰라."

생각에 잠겼던 친구가 말했다.

"사업을 하려면 우선 책상 하나 들여놓을 수 있는 사무실일 필요할
거야. 사무실 얻을 돈이 없다면 우선 내 사무실을 함께 쓰든가. 하지만
그것보다 더 중요한 일이 있어."

"그게 뭔데?"

"아까도 말했듯이 합판조각에 돈을 투자할 사람은 없어. 기존 특허 가지고는 어려울 테니까 우선 변리사를 만나서 자네가 타보고 느꼈던 점들을 보완해 특허를 다시 내도록 해. 어차피 기술을 양도하기로 했다니까 처음 발명자들을 만나서 기술양도계약도 체결하고 말이야."

나는 어깨를 늘어뜨린 채 친구의 사무실을 나섰다. 건물 계단에 앉아 나는 곰곰이 생각에 잠겼다. 아무래도 일의 순서를 다시 정해야 할 것 같았다. 친구의 말대로 내가 일을 거꾸로 하고 있었다는 생각이 들었다. 송판 들고 사람들 찾아다녀 봤자 투자는커녕 욕먹기 일쑤라는 친구의 말은 정확한 것이었다.

'그래, 우선 특허부터 내자!'

나는 생각을 바꾸어 특허를 먼저 내기로 했다.

그런 가운데에도 조금씩 도와준 사람들이 있어 근근이 개발을 거듭할 수 있었다. 거의 구걸하다시피 모은 돈으로 시작한 사업이었다. 그때 나를 도와준 사람들이 없었다면 지금의 나 또한 없었으리라.

이런 과정을 거쳐 기존 고무줄은 내부에 스프링을 장착한 토션바로 개발되었다. 분력의 힘을 받는 방향성 캐스터도 새롭게 디자인했다. 아울러 수십 개에 이르는 관련 부품들이 정밀하게 설계되었다.

에스보드는 운전자가 몸을 비트는 힘을 바탕으로 방향성 캐스터의 구르는 방향으로 분력이 생겨 나간다. 이러한 분력의 수평 성분이 에스보드를 앞으로 전진시키는 추진력 구실을 하고, 봉으로 연결된 두 개의 발판을 기울여 방향을 정하게 되는 것이다.

이렇게 보완을 해서 내 이름으로 다시 특허를 냈다. 특허 이름은 '방향성 캐스터를 겸비한 스케이트보드'였다. 특허를 위한 특허가 아닌 실용을 위한 특허였다.

지금도 변함없는 생각이지만 어떤 발명이든 발명을 위한 발명이 되어서는 안 된다고 생각한다. 어떤 발명가들은 평생 발명품이 수백 개나 되는 사람도 있다. 발명품은 많지만 그 발명품이 상품화될 확률은 극히 드물다. 많은 사람들이 발명을 위한 발명으로 만족한다. 그러나 발명을 위한 발명은 무의미하다. 제품화되고 그 제품이 인간과 환경을 널리 이롭게 해야 의미 있는 것이다.

가시밭 속에도 한 줄기 길이 있었으니

—

"하하, 이 친구. 제품을 발명하고 개발하는 일보다 더 중요한 게 바로 디자인이야. 보기 좋은 떡이 먹기도 좋다는 말이 있잖아. 사람들이 제품을 구매하고 싶은 충동이 들게끔 디자인을 할 수 있다면 일단 반은 먹고 들어가는 거라구."

특허를 접수했으나 그건 작은 시작에 불과했다.

기술이 성공할 수 있을지 누구도 섣불리 장담을 못했다. 여기저기서 엉뚱한 짓을 하고 있다고 수군거리는 소리가 들렸다. 나는 개의치 않았다. 어차피 시작한 일이었다. 내가 시작한 일이었으므로 끝까지 가는 길만 남은 것이다.

그 뒤에도 화양동 친구는 여러 차례 내게 조언을 아끼지 않았다.

"특허를 받았으니 이제 할 일은 제품을 디자인하는 일이야."

"디자인이야 어디든 가서 하면 되지 않을까? 어려운 것도 아닐 테고."

내 말에 친구는 찼다.

"자네, 뭔가를 단단히 오해하고 있군. 제품을 발명하고 개발하는 일보다 더 중요한 게 바로 디자인이야. 보기 좋은 떡이 먹기도 좋다는 말이 있잖아. 사람들이 제품을 구매하고 싶은 충동이 들게끔 디자인을 할 수 있다면 일단 반은 먹고 들어가는 거라구."

나는 한숨부터 나왔다. 모든 게 꽉 막힌 듯 답답했다.

"신경 써서 디자인을 하려면 돈이 엄청날 텐데. 제품 개발하기도 벅찬데 디자인에 쓸 돈이 어디 있겠냐?"

친구는 가볍게 내 어깨를 두드렸다.

"아니, 자신만만하던 강신기는 어디 가고 이 모양이야. 돈이 없으면 맨몸으로라도 부딪혀 봐야지. 일단 인터넷부터 차근차근 찾아보라구!"

"그렇지, 인터넷이 있었지."

나는 친구 사무실에 앉아 인터넷 서핑을 시작했다. 디자인이라는 검색어를 입력하고 엔터 키를 누르자 무수히 많은 업체들 리스트가 나타났다. 나는 도박을 하는 심정으로 그 중 몇 군데 업체 전화번호를 적었다. 어느 업체를 선택하느냐에 따라 어렵게 개발한 에스보드의 운명이 바뀔 수 있기 때문이다. 구체적으로 어떤 모양의 디자인이 나올지 순전히 운에 맡길 수밖에 없는 일이었다.

"아, 저는 이번에 새롭게 신제품을 개발한 사람인데요."

나는 업체마다 전화를 걸고 제품 성능과 함께 디자인 계획을 설명했다. 대부분 업체들은 성실히 상담에 임했으나 결재 부분에 이르러 난색을 표했다. 익히 예상한 결과였다.

"그러지 마시고 한번 도움을 주십시오. 제품이 상품화되고 난 뒤 두 배로 대금을 지불하겠습니다. 이번에 새롭게 개발한 에스보드는 기존 제품과 달리 바퀴가 두 개일 뿐만 아니라……."

그러나 상대방은 반응이 없었다. 사정도 해 보았다. 그러나 결과는 대부분 마찬가지였다.

마지막으로 남은 곳은 '퓨전 디자인'이란 곳이었다. 나는 밑져야 본 전이라는 생각으로 전화를 넣었다. 담당자는 한참 설명을 듣고 난 뒤 희망적인 답변을 주었다.

"듣고 보니 제품에 흥미가 생기는군요. 일단 샘플을 가지고 한번 내 왕해서 상담을 해 보시는 게 어떻겠습니까?"

샘플을 보여줄 수 있다면 승산이 있겠다는 생각이 들었다.

"아, 예, 좋습니다. 지금 당장 가지요."

나는 즉시 지하철을 타고 회사로 달려갔다. 예상대로 직원들은 내가 가지고 간 합판 에스보드에 호기심을 나타냈다. 나는 복도에서 합판으로 만든 보드를 타며 마음껏 묘기를 선보였다.

"참으로 훌륭합니다. 지금껏 많은 제품 디자인을 해 봤지만 이렇게 매력적인 물건을 만나긴 처음입니다."

전화를 받았던 담당자가 나를 사무실로 안내하며 말했다.

"저…… 그런데 이런 제품을 디자인하려면 개발비가 얼마나 들어갑니까?"

자리에 앉자마자 내가 물었다.

"글쎄요, 작업을 해 봐야 알겠지만 못해도 5천만 원에서 1억 원은 예상하셔야 할 겁니다."

"네에?"

나도 모르게 목소리가 높아졌다. 나는 솔직하게 말했다. 수중에 디자인비가 한 푼도 없으니 다른 방법이 없겠느냐는 얘기였다. 담당자는 담배를 꺼내 물고 한동안 생각에 잠겼다.

"그냥 포기하기엔 아이디어가 아깝고……."

생각에 잠겼던 그가 무릎을 탁 쳤다.

"참, 그러고 보니 방법이 하나 있긴 있네요."

나는 벌떡 몸을 일으켰다.

"그게 뭔데요?"

"방법이 전혀 없는 건 아닙니다. 산업자원부 산하 한국디자인진흥원 디자인 개발팀에서 디자인개발비를 지원하는 제도가 있지요. 돈이 없어 제품을 개발하지 못하는 중소기업에 힘을 실어주고 이를 통해 수출 경쟁력을 향상시키겠다는 취지로 마련된 제도입니다. 이 정도 아이디어면 충분히 심사를 통과할 수 있을 겁니다. 절차는 저희가 알아서 다 해 드리지요."

그 당시 디자인의 중요성을 인식한 정부는 디자인 진흥을 위해 여러 가지 제도적 장치를 마련해 놓고 있었다. 한국디자인진흥원도 그 중 하나였다.

"지원금을 받으려면 시간이 걸리겠군요?"

"그건 염려하지 마십시오. 그때까지 저희가 일단 작업을 진행시키겠습니다. 회사로서도 이런 일을 한다는 건 보람된 일이니까요."

"아, 이거 정말 감사합니다."

꿈만 같은 소리였다. 정부에서 아이디어 제품을 위해 지원제도를 마련하고 있다는 사실은 그때 처음 알았다. 든든한 후원자를 만난 느낌이었다. 더구나 디자인 회사에서 아이디어 하나만 믿고 디자인 개발에 착수하겠다고 하니 나로서는 어려운 고민 하나가 단박에 해결된 셈이었다.

정부지원 제도가 그밖에도 많이 있다는 걸 나는 그때 처음 알았다. 정부의 지원 제도는 참으로 다양했다. 아이디어만 우수하면 큰 밑천 없이도 얼마든지 제품을 생산할 수 있는 제도적 뒷받침이 어느 정도는 돼 있는 것이다. 심지어는 국제 박람회 참가비용까지도 정부 지원을 받을 수 있다. 많은 중소기업들이, 혹은 발명자들이 제도적 장치를 십분 활용할 수 있게 되기를 바란다.

어쨌든 나는 디자인 진흥원을 통해 대부분의 디자인 비용을 보조받을 수 있었다.

가뭄에 단비 같은 돈이었다. 디자인 문제가 해결되었으니 제품은 만들어진 거나 다름없었다. 다음으로 추진해야 할 일은 법인을 만드는 것이었다. 이번에도 사무실을 같이 쓰던 박은 흔쾌히 간판 하나를 더 달 수 있도록 도와주었다.

"야, 이거 복잡하군. 제품 개발하는 일보다 회사 차리는 게 더 힘들어."

나는 여전히 박의 도움을 받아야 했다.

"어려울 게 뭐 있어? 내가 도와줄 테니 넌 일이나 잘 해."

"법인을 세우려면 사업계획서를 작성해야 한다는데, 머리가 지근지근해."

"사업하는 사람이 머리가 지근거려선 안 되지. 사업계획서를 작성하는 일은 앞으로의 시장 수요 예측을 정확하게 수치화하고 향후 3년의 자금사용 계획을 세워야 해. 또 사업 규모도 결정해야 하고. 아주 중요한 작업이지."

디자인 개발 초기, 다양한 모델들

이렇게 해서 졸지에 지금의 회사 (주)데코리가 태어났고, 나는 대표에 취임했다. 지금으로부터 한 해 전인 2003년 봄의 일이었다.

6
___
장

태평양을 건너온 5관왕 소식

형님, 금형만이라도 부탁합니다!

첫 제품 나오던 날

꿈에 그리던 사무실을 마련하고

아름다운 청년, 탤런트 이상인

사장님, 5관왕 먹었습니다!

형님, 금형만이라도 부탁합니다!

—

"하하, 이 사람. 갑자기 금형기라니? 아닌 밤중에 홍두깨라더니 뚱딴지같이 그게 무슨 소린가?"

몇 달 뒤, 1차 디자인이 완성되었다.

여러 개의 샘플 디자인 중에서 유독 나를 사로잡은 디자인이 있었다. 배 젓는 노 두 개를 서로 연결해 놓은 듯한 형상이었는데, 모양이 유려하고 단박에 눈길을 끌었다. 1차 디자인 선정 작업은 그렇게 진행되었다.

이런저런 시행착오를 걸친 끝에 드디어 마지막 산고의 순간이 왔다. 디자인 문제가 해결되었으나 더 큰 관문이 기다리고 있었던 것이다. 1차 완성된 디자인을 가지고 금형을 해 첫 제품을 만드는 일이었다. 금형이란 제품을 찍어낼 수 있는 금속거푸집을 말한다. 제품의 모양과 기능이 금형 작업에 의해 탄생하는 것이다. 금형은 가장 돈이 많이 드는 단계인 동시에 제품의 성패를 가늠할 수 있는 중요한 작업이었다.

이번에도 방법은 하나였다. 자금이 없었으므로 밖으로 나가 무작정 부딪혀 보기로 했다. 그래서 디자인을 들고 무턱대고 여기저기 공장을 찾아다녔다. 생산비를 댈 형편이 되지 못했으므로 제품 생산을 맡아서 책임질 공장을 찾아야 했다. 그러나 제품 디자인을 본 공장 관계자들은 하나같이 고개를 흔들었다. 관심을 갖던 사람도 자금이 부족하다는 걸 알자 회의적인 반응을 나타냈다.

마지막 고비라는 생각이 들었다. 그동안 어렵고 험난한 길을 헤치고 이제 정상을 남겨 두지 않았던가. 그때 퍼뜩 떠오르는 사람이 있었다. 안면이 있어 평소 친하게 지냈던 명강기업 조규태 전무였다. 나는 오래된 명함을 찾아 회사 이름을 확인했다. 명강기업은 기계설비 회사로서 자동차 부품을 비롯해 다양한 제품을 생산하고 있었다. 설계된 에스보드는 하나쯤은 눈 감고도 만들어 낼 수 있는 회사였다. 그러고 보니 등잔 밑이 어두웠던 셈이다.

나는 곧장 전화를 걸었다.

"아니, 이게 누군가?"

오랜만에 연락을 취한 터라 그는 반갑게 전화를 받았다.

이런저런 안부 인사 끝에 전화한 목적을 설명했다.

"형님, 금형만이라도 부탁합니다. 좀 도와주십시오!"

웃는 소리가 들렸다.

"하하, 이 사람. 갑자기 금형기라니? 아닌 밤중에 홍두깨라더니 뚱딴지같이 그게 무슨 소린가?"

이번에도 정면 돌파였다. 나는 사실대로 그간의 일을 설명했다. 에스보드를 개발하게 된 동기며 어렵게 디자인을 마친 일까지 주절주절 늘어놓았다. 전화기 건너에서 작은 한숨 소리가 건너왔다. 나는 목소리에 힘을 주었다.

"아이디어가 좋아 여러 곳에서 좋은 반응을 보였습니다. 제품을 보시면 형님도 그 자리에서 반하실 겁니다."

금형을 할 수 있게 해 달라고 했지만 내심 목적은 그게 아니었다. 신용 하나만으로 제품을 책임지고 만들어 줄 스폰서가 필요했던 것이다.

"그렇다면 일단 한번 보고 나서 얘기하세."

나는 디자인 샘플과 바퀴 달린 합판을 들고 즉시 명강기업을 찾아갔다.

"이거 꼭 물 젓는 노를 닮았구먼. 물을 젓듯이 바람을 저어보겠다 이건가?"

예상대로 조 전무는 제품에 큰 관심을 나타냈다.

"그렇습니다. 바람을 젓고 구름을 밟아 세계로 나아갈 제품으로 에스보드라고 합니다."

"에스보드라, 그래 내가 무얼 어떻게 도와주면 좋겠는가?"

이미 내 의도를 간파한 그가 확인하듯 물었다.

"형님도 짐작은 하시겠지만 솔직히 말하면 샘플을 제작할 돈이 없습니다. 정부지원금 신청을 해 놓긴 했지만 절차가 있으니 돈은 언제 나올지 알 수 없는 일이고, 형님이 조금만 도와주십시오."

애기를 듣는 조 전무의 얼굴은 썩 밝지 않았다.

"회사에서 제품생산이 어려우면 금형제작까지만이라도 도와주십시오."

나는 마지막이란 생각으로 그렇게 매달렸다. 등줄기로 연신 식은땀이 흘러내렸다.

"자네도 알다시피 이런 일을 나 혼자 결정할 수는 없네. 가볍게 만든다고 해도 최소 몇 억 원은 들어가는 사업이니까. 내가 사장님과 임원들을 상대로 성의껏 제품 설명을 해서 꼭 좋은 결과가 나오도록 해 보겠네."

눈물이 나도록 고마운 말이었다.

"그럼, 형님만 믿겠습니다."

조규태 전무는 문전 박대하던 다른 곳과 달리 시간적 여유를 달라고 했다. 나는 들고 갔던 디자인 샘플과 나무합판을 맡기고 회사를 나왔다. 숙소로 돌아오는데 이상하게 기분이 좋았다. 설령 거절당한다고 해도 최선을 다했으므로 후회하지 말자고 다짐했다.

나는 초조한 심정으로 전화를 기다렸다. 이틀 뒤, 드디어 명강기업에서 전화가 왔다.

"물건이 되겠네. 우리 한번 힘껏 해보자구."

조 전무의 활기찬 목소리가 송수화기를 타고 시원하게 들려왔다. 나는 내 귀를 의심했다.

"아, 그게 정말입니까?"

"하하, 이 사람, 그동안 속고만 살았나."

"고맙습니다."

나도 모르게 목소리가 잦아들었다.

내가 마음을 졸이며 기다릴 때, 조 전무는 공장 관계자들과 회의를 거듭했다고 했다. 결과는 제품에 대한 확신으로 이어졌고 제품을 만들어 주기로 합의를 보았다는 것이다. 그들이 선택한 것은 당장의 이익이 아니라 제품에 대한 미래의 가능성이었다.

"이제 제품 만드는 거 걱정하지 말고 열심히 세상에 알릴 생각을 해보게. 제품도 중요하고 디자인도 중요하지만 사람들이 제품을 외면하면 모든 게 헛수고일 테니까."

"그렇게 하겠습니다."

세상을 다 가진 것처럼 기분이 좋았다. 드디어 머릿속으로만 구상하던 물건이 하나의 제품으로 탄생할 수 있겠구나. 금형기를 빠져나올 첫 제품을 떠올리며 결혼을 앞둔 새신랑처럼 새벽까지 잠을 이루지 못했다.

IMF를 맞아 사업에 실패하고, 아버지의 죽음과 노숙자 생활을 겪으며 나는 지지리도 운이 없는 놈이라고 생각했다. 그러나 그런 생각은 얼마나 어리석은 것이었던가. 천덕꾸러기로 굴러다니던 합판조각이 하나의 외형을 갖게 되었으니 나야말로 복이 터진 사나이였다. 그 일은 미리 계획되기라도 한 것처럼 단시일 내에 척척 진행되었다. 더구나 돈 한 푼 없이 시작한 사업이 아니었던가.

생각하면 할수록 꿈만 같은 일이었다.

첫 제품 나오던 날

—

"아빠, 그게 뭐야?" "응, 이건 아빠가 주는 선물이란다."

제품 생산 계획은 착착 진행되었다. 디자인팀과 제작팀 그리고 우리

데코리 직원들은 수시로 회의를 가지며 최종 모양을 완성해 나갔다. 각 분야의 전문가가 한자리에 모여 머리를 맞대고 의논하니 문제가 되었던 기술적 결함들이 순조롭게 해결되었다.

뭐니뭐니해도 가장 중요한 건 바퀴였다. 무거운 하중을 오래 견딜 수 있을 만큼 튼튼해야 했다. 또 쐐기(수평면에 대해 어떤 각도로 기운 평면)에 경사각을 줘야 보드가 전진하므로 경사를 주었을 때의 하중도 고려해야 했다.

분리된 가운데 부분에는 비틀림 회전 파이프가 탑재돼 회전이 가능하며, 캐스터는 고정부를 축으로 해서 360도 회전한다. 캐스터에 사용되는 휠의 재질은 내마모성 특수 우레탄이 사용됐다. 데크 커버는 세련된 디자인 및 컬러를 적용해 손쉽게 교체가 가능하고, 사용자가 튜닝도 할 수 있다.

바퀴도 중요하지만 핵심 기술 가운데 하나는 토션바였다. 토션바는 두 가지 기능을 담당했다. 양쪽 보드를 연결하는 휠 역할과 함께 안에는 스프링을 넣었다. 틀었다가 놓으면 원래 위치로 돌아가는 스프링으로 노란 고무줄을 대신해야 했는데, 이 역시 튼튼함과 유연함을 동시에 지녀야 했다.

브레이크를 잡을 때 제동을 해 주는 장치도 필요했다. 기능

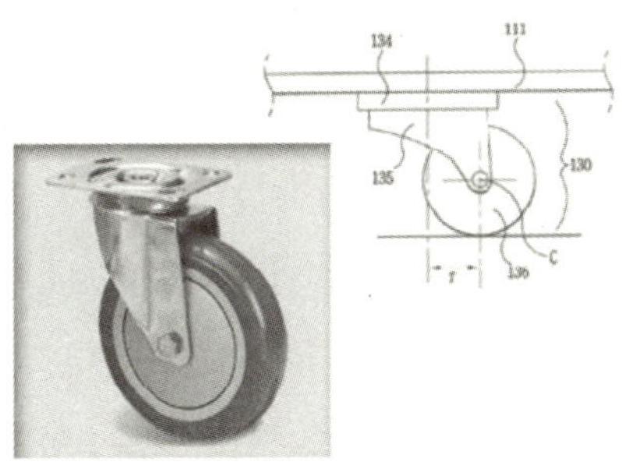

에스보드의 특허기술, 경사진 방향성 캐스터

도 중요하지만 더욱 중요한 건 외관이었다. 겉으로 드러나 보기 흉한 볼트도 전부 안쪽으로 마감하기로 결론이 났다. 회의와 제품 개발은 밤이 깊도록 계속되기 일쑤였다.

얘기치 않은 문제가 발생하기도 했다. 제품을 테스트하는 기간 중에 발생한 일이었다.

토션바 안에 장치된 스프링이 잦은 반복 운동을 견디지 못하고 부러진 것이다. 문제는 거기서 그치지 않았다. 스프링을 넣은 파이프 자체가 부러지기도 했다. 문제가 생길 때마다 원점에서 다시 제작이 이루어졌다. 작은 시행착오들은 오히려 제품을 더욱 튼튼하게 하는 밑거름이 되었다.

때로는 엉뚱한 곳에서 문제가 생기기도 했다. 금형 문제로 제품 완성 일자가 다소 늦어지는 사태가 발생했던 것이다. 소액으로 이곳저곳 투자를 받아 간신히 회사를 꾸려가던 시점이었다. 제품이 나오기만을 학수고대하던 투자자들은 기일이 되도 제품이 나오지 않자 돈을 돌려달라고 아우성쳤다.

"조금만 더 기다려주십시오."

나는 사정하다시피 말했다.

"이봐요, 강신기 씨. 누굴 봉으로 압니까? 투자를 받고 디자인이 완료되었으면 약속 날짜에 물건이 나와야 할 것 아녜요?"

제품 제작을 명강기업에서 도맡았지만 기타 비용은 소액 투자자들에게서 빌린 돈으로 회사를 꾸리고 있었던 것이다.

"금형에 약간 문제가 있었습니다. 더 좋은 제품을 만들기 위해 고민하다 그런 것이니 조금만 더 기다려주십시오."

"필요 없어요. 약속을 어긴 것은 그쪽이니 당장 투자금을 돌려주시오."

사람들은 냉정하게 돌아섰다.

그런 와중에도 이런저런 테스트를 완료하고 마침내 첫 제품을 탄생시켰다. 2003년 9월의 일이었다. 첫 모델은 S-100으로 명명되었다. 색깔은 파란색이었다. 제품의 기본색인 파랑은 젊은 색을 강조하기 위해 사용했다.

첫 제품이 나오던 날의 감회는 차마 잊을 수 없다. 처음 나무합판에 얼기설기 고무줄을 엮은 것과는 완전히 다른 제품이었다. 디자인도 너무 마음에 들었다. 보이지 않게 나를 도와준 수많은 사람들의 정성이 제품을 탄생시켰다는 데 생각이 미쳤다. 나도 모르게 눈물이 핑 돌았다. 주변에 사람들이 없었다면 눈물을 흘렸을지도 모른다.

금형기를 막 빠져나온 첫 제품을 들고 내가 향한 곳은 아내가 있는 충주였다. 나는 첫 탄생한 에스보드를 소중히 가슴에 품고 버스에 올랐다. 지나치는 사람마다 신기한 눈으로 나와 가슴에 품은 에스보드를 번갈아 바라보았다. 그들 중에는 간혹 무엇에 쓰는 물건인지 묻는 사람도 있었다. 나는 조용히 미소로만 화답했다.

버스는 수백 리 길을 한달음에 달려나갔다. 나는 이산가족이나 다름없이 떨어져 살고 있는 아이들을 떠올렸다. 힘든 내색 없이 말없이 기다려준 아내도 생각했다. 가족이 말없이 나를 지켜보고 있었기에 첫 제품이 나올 수 있었던 것이다. 눈물이 소리 없이 볼을 타고 흘렀다. 가끔 내려갈 때에도 돈이 없어 아이들에게 과자 하나 제대로 사 주지 못했다. 따뜻한 위로의 말로 아내의 손 한번 잡아주지도 못했다. 나는 그들이 빨리 보고 싶었다.

문을 두드리자 첫 아이가 제일 먼저 달려나왔다. 초등학교 2학년인 석범이었다. 아버지 얼굴도 제대로 보지 못하고 자란 둘째 민경이가 그 뒤를 쪼르르 따라나왔다. 나는 아이들을 데리고 마당으로 나섰다. 첫째는 선물이라고 생각했는지 내가 가슴에 품고 있는 물건을 유심히 바라보았다.

"아빠, 그게 뭐야?"

"응, 이건 아빠가 주는 선물이란다."

아빠가 선물을 준다는 말에 아이는 좋아서 깡충깡충 뛰었다.

"야. 신난다. 근데 이게 뭐하는 거야?"

나는 에스보드를 바닥에 내려놓고 타는 시범을 보였다. 아이의 입이 딱 벌어졌다.

"나도 타고 싶다!"

아이는 기우뚱거리며 보드 위로 올라섰다. 처음에 내가 그랬듯 아이는 중심을 잃고 넘어졌다. 나는 아이를 부축하지 않고 지켜보았다. 어느새 나왔는지 아내가 옆에 서서 그 장면을 바라보고 있었다.

아이는 넘어지고 일어나기를 반복했다. 그러더니 오래지 않아 중심을 잡고 올라섰다. 아이는 밥 먹는 것도 잊고 에스보드에 몰입했다. 보드는 차츰 앞으로 전진하기 시작했다. 아이는 누가 가르쳐 주지 않았는데도 몸을 이리저리 흔들며 보드를 탔다.

"됐다! 됐어!"

나도 모르게 탄성이 터져 나왔다. 두 주먹이 불끈 쥐어졌다. 첫 제품을 아이가 무난히 타자 새롭게 자신감이 솟았다.

나는 아들을 두 손으로 번쩍 들어올렸다. 곁에서 지켜보던 아내가 소리 없이 눈물을 닦았다.

제품 개발을 하면서 가장 마음 졸였던 것은 제품이 소비자에게 과연 어필할 수 있을까, 하는 점이었다. 첫 제품을 아들이 무리 없이 소화하는 걸 보면서 내 확신은 더욱 굳어졌다.

에스보드를 보면 사람들은 과연 보드가 앞으로 나아갈지 반신반의한다. 그러나 중심을 잡는 문제에 있어 외발 보드인 에스보드와 네발 보드의 차이점은 거의 없다. 또 외발 자전거가 이상 없이 달릴 수 있듯 외발 보드 역시 매끄럽게 땅을 구를 수 있다.

오히려 저항을 덜 받고 방향 전환이 용이해 마음먹기에 따라 더 빠른 속력을 낼 수도 있다.

그날 저녁, 나는 매직을 꺼내와 보드 뒷면에 '희망이' 라고 적었다. 금형기를 막 빠져나온 첫 에스보드는 그렇게 아들의 가슴에 안겼다. 그리고 아이를 앉혀놓고 투자자에게 브리핑하듯 꼼꼼하게 제품에 대해 설명해 주었다.

난관을 극복하고 마침내 에스보드가 탄생했다

꿈에 그리던 사무실을 마련하고

—

몇 번이고 1층에서 승강기를 타고 사무실을 오르내렸다. 얼굴에는 흐뭇한 미소가 번졌다. 틀림없이 사무실은 거기 있었고, 사업을 진두지휘할 의자와 책상도 있었다. 또 나를 도와줄 직원들도 있었다.

이제 제품을 홍보하고 회사를 키우는 일만 남았다. 명색이 회사였으니 사무실도 필요했다. 직원들도 더 뽑아야 했다. 제품도 계속해서 다음 버전이 나와 주어야 했다. 결론적으로 말하자면 초기 운영자금이 필요했던 것이다.

맨주먹으로 시작한 마당에 자금이 넉넉할 리 만무했다. 그러나 첫 제품이 나온 상태이므로 나는 자신감에 넘쳤다. 이제 합판을 들고 영업을 하지 않아도 되었다. 내 손아귀에는 단번에 사람들을 사로잡을 수 있는 매력적인 나의 분신, 에스보드가 있었다. 그동안 수없이 많은 난관을 극복해 왔으므로 남은 어려움쯤은 한 달음에 뛰어넘을 수 있는 각오가 돼 있었다.

나는 우선 자금을 투자할 수 있는 기관을 물색했다. 소액 투자자가 아닌, 에스보드의 미래를 믿고 넉넉하게 투자해 줄 후원자가 필요했던 것이다. 막대한 운영자금을 마련하기 위해 캐피탈과 창업 투자회사를 내 집 드나들 듯 돌아다녔다.

그러나 발품 끝에 돌아온 건 실망뿐이었다. 제품 컨셉트를 확인한 관계자들은 하나같이 호감을 타나냈다. 본능적으로 물건이 될 수 있다고 짐작한 모양이었다. 문제는 그들이 자금을 출자하는 방식이었다. 그들은 순수하게 자금을 투자하고 투자된 자금에 이익을 남겨 회수하는 데 만족하지 않았다. 그들은 몇 억 원의 운영자금을 회사 초기에 투자하고 감당할 수 없을 정도의 많은 지분을 요구했다. 한마디로 회사를 통째로 집어삼키겠다는 속셈이었다.

그들로서는 아쉬울 게 없는 협상이었다. 그들에겐 전문화된 조직이 있고, 자금도 있었으며 우수한 두뇌도 있었다. 사업망도 갖추었고 제반 인프라도 풍부했다. 그들의 도움을 받으려면 필히 회사를 내줘야 할 판이었다. 그들에게 종속되기 시작하면 결국 그들 회사에 소속된 월급쟁이밖에 될 수 없는 구조인 것이다. 또 그들은 출자를 했다가도 아니다

싶으면 금방 손을 털 수 있는, 순전히 자본주의 원리에 의해 움직이는 집단이었다.

물론 안정적인 방법이긴 했다. 그러나 그런 안정에 만족하고자 고생하며 합판을 탄 것은 아니었다. 내겐 우리 손으로 만든 새로운 발명품을 세계 시장으로 들고 나가 세계인이 타고 즐기게 하고 싶다는 꿈이 있었다.

나는 기관을 포기하고 다른 곳으로 눈길을 돌렸다. 소액 투자자가 아닌, 이른바 큰손급 개인 투자자들을 만나 제품을 보여주고 투자를 제안했다. 그러나 그들의 반응은 기관보다 한 수 위였다. 3~5억 원을 투자할 테니 지분을 반으로 나누자는 곳도 있었다. 어떤 사람은 아예 사무실을 자기 회사 옆으로 옮기라고 제안하기도 했다.

벤처 기업 붐이 일면서 한때 하루에도 수십, 수백 개의 벤처 회사가 창업되던 시절이 있었다. 그들 중에는 제법 좋은 아이템을 가진 회사들도 많았을 것이다. 그 많은 회사들이 나처럼 자금 문제로 고통을 겪다가 쓰러졌을 생각을 하니 안타까운 마음이 들었다. 결국 나는 거대 자본에 의지해 회사를 키우겠다는 생각을 접을 수밖에 없었다.

그러나 하늘이 무너져도 솟아날 구멍은 있었다. 자금 압박에 시달리고 있을 때 뜻하지 않은 구세주를 만나게 된 것이다. 어느 날, 거금 1억 원을 선뜻 투자하겠다는 개인 투자자가 나타났다. 1억 원은 가뭄에 단비 같은 돈이었다. 그런데 또다시 전혀 예상하지 못한 일이 벌어졌다. 문제는 자금을 투자했던 그 투자자로부터 비롯되었다. 어느 날부터 사무실에 모습을 나타내기 시작하더니 사사건건 참견을 하기 시작했다. 중요한 결정을 할 때마다 회의에 참여해 자기 목소리를 내려고 했고, 자신의 투자금이 어디에 사용되었는지 일일이 확인을 요구했다.

물론 거금 1억 원을 내놓은 투자자를 이해하지 못하는 것은 아니었다. 돈을 투자했으니 회사가 잘못되기라도 하면 돈을 몽땅 날릴 수 있었기 때문이다. 하지만 투자자 눈치를 보며 사업을 진행할 수는 없는 일이었다. 결국, 그 투자자는 얼마 못 가 손을 떼었다.

그 사건 이후 나는 깊이 깨닫게 되었다. 그런 문제는 나 개인의 문제만이 아니라고 생각한다. 거대 기업은 물론이거니와 개인 사업일지라도 투자자에게 투명하게 기업을 공개하는 것은 윤리이자 사명이다. 하지만 그것이 지나쳐 사업에 지장을 초래하는 수준이 되어서는 안 된다. 개인이나 금융회사가 어떤 기업에, 어떤 사업에 돈을 투자했을 때는 믿고 기다리는 자세가 필요하다. 여러 이익 집단이 모두 목소리를 내면 사공이 많은 그 배는 산으로 가게 돼 있다. 때에 따라서는 모든 걸 믿고 맡길 수 있는 마음자세가 아쉬운 순간이었다.

1억 원으로 급한 불을 껐지만 자금은 금방 바닥을 드러냈다. 내가 할 수 있는 일은 부지런히 돌아다니며 사업 자금을 구하는 일과 기도를 하는 일이었다. 사업 자금을 구하기 위해 수십 곳을 돌아다녔다. 이때 다시 2억 원을 투자하겠다는 투자자가 나타났다. 그러는 가운데 예기치 않았던 대형 투자자도 나타났다. 그들은 이전의 전문 투자기관들과 근본적으로 달랐다. 완성된 제품을 연간 10만 개씩 사주겠다는 좋은 조건이었다. 그 회사는 계약금으로 3억을 주기로 약속했다. 그러나 약속은 지켜지지 않았다. 차일피일 시간을 미루다가 결국 투자계획을 백지로 만들었다.

하루에도 몇 번씩 장애를 극복하고 아슬아슬하게 위기를 넘겨온 시간이었다. 그런 일을 겪으며 나는 금융기관은 물론이고 개인이나 기업의 투자를 받는 일이 너무도 어렵다는 사실을 깨달았다. 그들은 하루에도 몇 번씩 뱉고 삼키기를 반복했다. 뭔가 물건이 될 것 같다고 덤비다가도 며칠이 지나면 별별 핑계를 대면서 고개를 내저었다. 그들은 제품 자체에는 관심이 없었고, 오로지 투자에 대한 이익 환수에만 몰두했다. 기술 하나만 믿고, 개인의 의욕만 믿고 사업을 하기에는 너무도 힘든 환경이란 것을 뼈저리게 느꼈던 시기였다.

이런저런 난항을 겪은 끝에 마침내 회사는 든든한 후원자를 만났다.

한국기술신용보증기금으로부터 15억 원이라는 거액의 돈을 대출 받아 제품 개발에 박차를 가할 수 있게 된 것이다. 직접적인 계기가 된 사건은 2003년 겨울 '대한민국 특허기술대전'에서 국무총리상을 수상한 것이었다. 바로 하루 전, 한국디자인진흥원으로부터 에스보드가 '벤처디자인 금상'을 수상했다는 통보를 받은 뒤이기도 했다. 하루 사이에 벌어진 최대의 겹경사였다.

에스보드가 디자인상을 수상하리란 것은 일찍이 예견된 것이었다. 아이디어를 인정받아 3천만 원의 디자인 개발비를 지원 받은 전력이 있었기 때문이다. 하지만 국무총리상 수상은 전혀 예측하지 못한 것이

2003, '대한민국 특허기술대전' 국무총리상 시상식 장면

었다. 엄격한 심사를 통해 에스보드가 인정받았다는 사실이 무엇보다 기뻤다. 많은 사람들이 에스보드의 미래에 확신을 주고 있었던 것이다.

'대한민국 특허기술대전' 국무총리상 수상은 또 다른 효과를 낳았다. 수상이 국내 주요 신문에 보도되면서 낯설기만 했던 에스보드가 일반인들에게 전격적으로 알려진 것이다. 기사의 효과는 컸다. 그날부터 여기저기서 제품에 대한 문의가 들어오기 시작했다. 제품을 사고 싶다는 사람에서부터 투자를 하겠다는 사람도 있었다. 에스보드가 힘찬 비상을 위해 구름판을 박차는 순간이었다.

사업하는 사람들에게 자금은 곧장 군대에서 쓰는 실탄에 비교된다. 이른바 실탄이 넉넉해지자 나는 그동안 미루었던 일에 박차를 가했다.

돈이 없어 하지 못했던 제품 개발에 우선 착수하는 한편, 이사 준비를 단행했다. 특허를 받고 첫 제품이 나올 때까지도 여전히 친구 사무실 신세를 지고 있었던 것이다. 외국 바이어를 맞고 번듯한 계약이라도 하기 위해서는 무엇보다 사무실이 필요했다.

2004년 1월이 되면서 사무실 집기도 사고 직원도 더 뽑았다. 그리고 마침내 사무실을 얻어 입주를 거행했다. 오랜 빈대 생활을 청산하는 감격적인 순간이었다. 이제 길에서 전화를 받을 필요도, 친구 사무실을 드나들 필요도 없었다. 문을 열면 거기, 나와 우리 직원들이 근무할 수 있는 깨끗한 사무실이 있었다.

나는 믿어지지 않아 몇 번이고 1층에서 승강기를 타고 사무실을 오르내렸다. 얼굴에는 흐뭇한 미소가 번졌다. 틀림없이 사무실은 거기 있었고, 사업을 진두지휘할 의자와 책상도 있었다. 또 나를 도와줄 직원들도 있었다. 나무 합판을 가지고 처음 사업을 시작할 때에 비하면 눈부시게 발전을 한 셈이었다.

그날 저녁, 직원들과 조촐한 파티를 열고 앞으로의 각오를 다졌다. 열심히 초발심을 잃지 않고 앞만 보고 달려가자고 다짐했다.

아름다운 청년, 탤런트 이상인

"사장님, 제가 여기까지 찾아온 건 돈이나 대가를 바란 게 아닙니다. 저는 이렇게 좋은 발명품을 제 손으로 널리 홍보할 수 있다는 사실 하나로도 충분히 만족할 수 있습니다.”

이제 에스보드는 발판을 딛고 힘껏 날아올랐다.

아이디어 하나밖에 없던 현실에서 거짓말처럼 디자인을 끝내고 제품을 완성, 생산하기에 이르렀다. 어려운 고비 때마다 꼭 필요한 만큼의 자금이 들어왔고, 제품 가능성을 인정받아 막대한 정부 자금을 지원 받기에 이른 것이다. 거칠 것 없이 앞만 보고 똑바로 달려온 숨가쁜 시간이었다.

마지막으로 해야 할 일은 제품을 더욱 널리 홍보하고, 세계적 판매망을 갖춘 바이어들을 만나 좋은 조건으로 판매 계약을 체결하는 일이었다. 무엇보다 홍보가 중요했는데, 홍보 모델을 기용할 만큼 넉넉한 형편은 되지 못했다. 국무총리상 수상 이후, 제품이 여기저기 조금씩 소개되기 시작하면서 홍보 역할을 담당할 매니저가 절실히 필요하던 시기였다.

그러나 우연을 가장한 행운의 여신은 이번에도 나를 외면하지 않았다. 어느 날, 훌쩍 내 앞에 나타나 돈 한 푼 받지 않고 스스로 제품 홍보를 하겠다고 나선 사람이 있었으니 말이다. 그는 바로 다재다능한 탤런트 이상인 씨였다.

이상인 씨와의 인연은 실로 우연한 계기로 이루어졌다.

어느 날, 모 상품 CF촬영장에 있던 이상인 씨는 우연히 에스보드를

타고 있는 우리 회사 직원을 보게
된다. 마침 그 자리에 참석했던 우
리 회사 영상제작팀 감독이 쉬는
시간을 이용해 에스보드를 타고 있
었던 것이다. 에스보드를 눈여겨
본 이상인 씨는 즉각 영상 감독과
명함을 주고받았다.

그러던 어느 날, 이상인 씨가 회
사로 나를 찾아왔다. 그러고는 스
스로 홍보 매니저가 되겠다고 자청
했다. 나는 얼떨떨한 기분으로 물
었다.

에스보드를 타고 있는 이상인

"그래, 어떤 계기로 에스보드에 관심을 갖게 되셨나요?"

만능 스포츠맨답게 이상인 씨는 솔직했다.

"에스보드를 보는 순간, 바로 저건 나를 위해 만들어진 제품이란 생
각이 들었습니다."

"하하, 이거 말씀이라도 고맙습니다. 만능 스포츠맨인 이상인 씨 같
은 분이 홍보대사가 되신다면 우리 회사에 큰 힘이 될 겁니다. 하지만
아직 회사가 자리를 잡지 못해……."

그때 이상인 씨가 급히 말을 가로막았다.

"사장님, 제가 여기까지 찾아온 건 돈이나 대가를 바란 게 아닙니다.

이제 갓 회사가 세워지고 제품이 개발되었는데, 제가 어찌 그 뻔한 사정을 모르겠습니까? 저는 이렇게 좋은 발명품을 제 손으로 널리 홍보할 수 있다는 사실 하나로도 충분히 만족할 수 있습니다."

나는 그의 마음 씀씀이에 감동했다.

"좋습니다. 도움을 주십시오. 은혜는 잊지 않겠습니다."

우리는 굳게 악수를 나누었다.

이상인 씨는 누구보다 운동 감각이 뛰어난 청년이었다. 에스보드 위에 올라서자 몇 분 지나지 않아 몸을 흔들며 사무실을 돌아다녔다. 그날 이후, 우리 회사 CMO가 된 그는 누구보다 열심히 제품 홍보에 열을 올리고 있다. 방송이다 영화다, 바쁜 촬영 일정 속에서도 제 집처럼 회사를 드나들었다. 그에게는 보통의 연예인들과 다른 무엇인가가 있었고, 나는 그 매력에 깊이 빠져들었다.

이렇듯 나를 도와준 사람은 비단 이상인 씨뿐만이 아니다. 회사의 자질구레한 일을 총괄 지휘하고 있는 송덕용 이사는 원래 대기업 연구실 소속 연구원이었다. 송 이사를 만난 것은 명강기업을 통해 에스보드를 제작할 무렵이었다. 대기업 연구실을 퇴사한 송 이사는 명강기업 연구이사를 거쳐 데코리에 합류했다. 송 이사의 합류로 연구와 행정적인 측면이 크게 강화되었다. 그밖에도 회사 직원들은 모두 한가족처럼 나를 도와주었다. 개발비조차 없어 월급을 제때 주지 못해도 그들은 밤늦게까지 불을 밝히고 업무를 처리했다. 오늘의 에스보드는 이렇듯 보이지 않는 여러 사람들의 노력에 의해 탄생했다.

지금도 나는 축복을 받고 있다고 생각한다. 제품이 개발되기까지 난관 때마다 거짓말처럼 주변의 도움을 받아 위기를 넘겼다.

이런 행운을 나는 결코 우연이라 생각하지 않는다. 내가 해야 할 다른 몫의 일이 반드시 어딘가에 있을 것이기 때문이다. 그러나 에스보드의 힘찬 전진은 거기서 끝나지 않았다. 불과 몇 달 뒤, 놀라운 소식이 준비되어 있었기 때문이다.

사장님, 5관왕 먹었습니다!
—

강신기의 신화는 그 전화로부터 시작되었다

사무실을 얻고 회사가 모양을 갖추자 나는 모든 역량을 제품 개발과 마케팅에 투자했다. 제품이 개발되었지만 국내의 반응은 느렸다. 많은 사람들이 에스보드에 관심을 보였지만 직접적인 수요로 이어지는 않았다. 레포츠 용품이란 한 번 붐이 일기 시작하면 유행처럼 레저 문화를 바꾸어 놓는다. 그러나 시기를 기다려야 했다. 아직 붐이 일기엔 시기 상조였던 것이다. 또한 국내 레저 인구는 서양과 달리 턱없이 부족해서 일부 마니아나 젊은층을 중심으로 조금씩 확산될 뿐이었다.

국내 마케팅을 병행하면서 나는 해외로 눈을 돌렸다. 제품 개발 초기부터 내가 생각한 시장은 어차피 세계였다. 전 세계인들이 자랑스러운 우리 발명품 에스보드를 타는 것, 그것은 어려움이 닥칠 때마다 내게 힘을 준 원대한 포부였다.

그러나 자금을 들여 해외 마케팅을 한다는 것은 꿈도 꿀 수 없는 상황이었다. 어떤 방법이 있을까, 고민을 거듭하던 어느 날, 유수의 발명 대전이 미국에서 열린다는 사실을 알게 되었다. 그곳에 출품만 할 수 있다면 세계 여러 나라의 바이어들을 만날 수 있다는 것이다. 그 얘기를 듣는 순간 머리에 전구가 환하게 밝혀지는 느낌을 받았다. 미국 최대 발명품 전시회인 'INPEX 2004'에 참가할 수 있었던 것은 그런 계기를 통해서였다.

참가 결정이 내려졌지만 무엇을 어떻게 해야 하는지 아무것도 알 수 없었다. 뒤늦게 참가 방법을 확인했지만 시일이 촉박했다. 부랴부랴 비디오를 만들고 브리핑할 자료도 갖췄다. 샘플로 가지고 갈 제품이 늦어져 시간이 코앞에 닥쳤고, 대회가 열리기 전날에야 송 이사와 여직원 한 명이 전시회가 열리고 있는 미국으로 날아갔다.

2004년 5월, 미국 펜실베이니아 주 피츠버그에서 국제 발명전(2004 INPEX)이 열렸고, 에스보드는 1년 동안 세계인의 이목을 집중한 여러 발명품들과 어깨를 나란히 하며 출품되었다. 대회는 순조롭게 이어졌고 송 이사는 가끔씩 전화로 동정을 전해왔다. 나는 조마조마한 마음으로 결과를 기다렸다. 그런데 대회 마지막 날, 송 이사로부터 다시 장거리 전화가 걸려왔다. 전날, 전화를 걸어 느낌이 좋다고 했던 송 이사의 말이 떠올라 잔뜩 긴장했다. 송 이사가 흥분된 목소리로 입을 열었다.

“사장님, 놀라지 마십시오.”

나도 모르게 가슴이 뛰기 시작했다.

“무슨 일입니까? 말씀해 보세요”

“우리 에스보드가 5관왕을 먹었습니다.”

“뭐라고요?”

나는 귀를 의심하지 않을 수 없었다. 5관왕이라니? 전시회가 끝나면 소기의 수상이 이루어진다는 것은 알고 있었지만 그게 나와 인연이 있으리라고는 생각도 하지 못했다. 참가 업체만도 천여 개에 이르고, 출품작도 수천 개나 되는 국제적인 행사였다. 운 좋게 바이어를 만나면 목적을 달성한다고 생각했는데, 송 이사는 수상 애기를 하고 있는 것이다. 더구나 5관왕이었다. 상을 타도 한 개 정도 타는 것으로 알고 있던 나는 5관왕이라는 단어가 주는 의미를 헤아리느라 한동안 말을 잇지 못했다.

“아니, 어떻게 상을 여러 개 탔단 말입니까?”

나는 이마에 송글송글 맺힌 땀을 훔치며 물었다.

“전 미주지역 최고 발명상, 스포츠 부문 금상, 레크리에이션 부문 금상, 완구 및 게임 부문 금상과 최종적으로 그랑프리 대상을 수상했습니다.”

각 분야별로 금상 수상작을 내고 최종 대상을 결정하는데, 에스보드가 4개 부분에서 금상을 차지하고 마지막 대상까지 거머쥐었다는 것이다.

“야, 드디어 해냈구나.”

나는 환호성을 질렀다.

"뿐만 아닙니다, 사장님."

"말씀해 보세요."

"바이어들이 서로 계약을 하겠다고 난리들입니다. 이제 유통과 판매 걱정은 하지 않아도 될 것 같습니다. 에스보드를 전 세계인들이 타게 될 날도 이제 멀지 않았습니다."

송 이사는 곧 한국으로 돌아오겠다며 전화를 끊었다. 나는 건물 옥상으로 올라가 네온이 화려하게 불 밝혀진 도시를 내려다보았다. 나도 모르게 눈시울이 젖어왔다. 전혀 기대하지 않았던 상을 한 개도 아니고, 다섯 개나 받았다는 게 믿어지지 않아서였다.

꽃샘추위가 물러가고 봄이 완연하던 지난 5월 중순, 멀리서 태평양을 건너온 에스보드의 수상 소식은 국내 언론에 일제히 보도되었다. 국내의 작은 벤처 기업이 개발한 '두 바퀴 스케이트보드'가 미국 최대 발명품 전시회인 'INPEX 2004'에서 대상을 비롯한 5개 부문을 수상했다는 내용이었다. 지난 몇 개월 간 수많은 시행착오를 거치며 어렵게 탄생한 에스보드의 신화가 마침내 세계를 향해 첫 발을 내딛는 순간이었다.

2004년 피스버그 발명전은 한마디로 에스보드를 위해 준비된 행사라고 해도 과언이 아니었다. 훗날 비디오테이프를 통해 그 장면을 다시 보고 나는 감격했다. 계속해서 부끄러울 정도로 강신기라는 이름 석자가 자주 불렸던 것이다. 에스보드는 영화제로 치자면 각 부분 주요 수상을 비롯해 대상까지 차지해 버린 최고의 작품이었다.

그동안 고생했던 일들이 주마등처럼 스쳐 지나갔다. 부도가 나 회사가 쓰러졌던 일, 돈이 없어 변변히 치료조차 받지 못하고 병으로 돌아가신 아버지, 서울역에서 노숙자 생활을 하며 추위에 몸을 뒤척이던 날들, 그리고 에스보드를 개발하며 수없이 넘어지고 다시 일어섰던 오뚝이 같았던 순간들, 그 모든 기억들이 한 편의 영화처럼 조용히 흘러갔다.

나는 주먹을 불끈 쥐고 다짐했다. 이건 작은 시작일 뿐이다. 결코 여기서 자만하지 않으리라. 생각해 보면 아직 넘어야 할 산은 태산처럼 남아 있었다. 상을 통해 제품을 인정받았지만 그것으로 끝나는 게 아니었다. 제품을 판매할 수 있는 안정된 거래망을 확보와 지속적인 기술 개발을 위한 투자금도 필요했다. 에스보드에 확신을 가진 바이어를 만나 좋은 조건으로 계약을 맺고, 제품을 세계 시장에 내놓지 못한다면 아무리 훌륭한 제품이라고 해도 무용지물이나 다름없는 것이다.

뒤에 전해 듣게 된 얘기지만 전시회 기간 중에 수상을 예감할 수 있는 여러 에피소드가 있었다고 한다. 그 중 하나가 아더 프라이(Arthur Fry)와의 만남이었다.

피츠버그 국제 발명대전이 한창이던 어느 날이었다. 흰 수염이 인상 깊은 노신사 한 분이 우리 부스 곁을 지나갔다. 무엇을 생각했는지 그는 가던 발걸음을 돌려 부스 앞으로 다가왔다. 노신사가 호기심 어린 눈빛으로 보고 있던 것은 우리가 출품한 에스보드였다.

"저 제품이 무엇입니까?"

노신사가 인자한 얼굴로 물었다.

"몸을 흔들어 그 추진력으로 나아가는 신 개념의 보드입니다."

부스를 지키던 송 이사가 대답했다.

"오, 디자인이 매우 아름답군요. 좀 더 설명을 해 주십시오."

노인은 우리 제품에 깊은 관심을 나타냈다. 송 이사는 제품 설명과 함께 그 자리에서 준비해간 영상 자료를 보여주었다.

"원더풀! 정말 훌륭한 제품이오. 정말 기발해요."

노신사는 원더풀을 연발하며 그 자리에서 즉각 에스보드 100개를 사겠다고 했다. 개인 용도로 제품을 구입하는 것치고는 가격만도 수만 달러에 이르는 적지 않은 액수였다. 그 노신사는 다름 아닌 다국적기업 3M 소속 연구원이자 세계적 발명가인 아더 프라이였다. 아더 프라이는 금세기 최고의 사무용품 가운데 하나로 손꼽히는 '포스트잇'을 개발해 국제적 명성을 획득한 인물이다.

세상의 모든 불만은 아이디어의 씨앗이라는 말이 있다. 아더 프라이가 포스트잇을 개발한 것은 1970년대 중반의 일이다. 3M사의 연구원이던 아더 프라이는 자신이 다니던 교회 성가대의 일원으로 활약했다. 프라이는 교회에서 즐겨 부르는 찬송가마다 책갈피를 끼워 표시를 해두곤 했는데 책갈피가 자꾸 빠져 짜증이 났다. 작은 종이 조각은 끼워 놓으면 이내 떨어져버리기 일쑤였던 것이다. 그때 프라이의 뇌리에 번개처럼 한 가지 생각이 떠올랐다.

'종이 조각에 접착제를 붙여 놓으면 어떨까?'

전시관 앞에서 포즈를 취한 아더 프라이와 본사 송덕룡 이사

프라이는 동료 연구원인 스펜서 실버(Spencer Silver)가 몇 년 전에 개발한 '접착되지 않는 접착제'를 생각해 냈다. '접착되지 않는 접착제'는 물질에 잘 붙기는 하되 쉽게 떼어낼 수 있을 만큼의 접착력을 가진 접착제였다.

스펜서 실버가 '접착되지 않는 접착제'를 발명했을 때 동료들은 "저걸 무엇에 쓰냐"고 핀잔을 주었다. 그날 이후 '접착되지 않는 접착제'는 사용할 방법을 찾지 못해 폐기 상태에 놓여 있었던 것인데, 프라이에 의해 마침내 상품으로 개발된 것이다.

"인간의 레포츠 생활에 일대 혁명을 가져올 제품입니다. 정말 훌륭해요."

한동안 프라이는 에스보드를 만지며 칭찬을 아끼지 않았다. 그는 발명가로서 심사위원 자격으로 피츠버그 국제 발명대전에 참가한 터였다. 대회가 마감되기 전날 부스 이곳저곳을 돌아다니다가 우연히 에스보드를 발견했던 것이다.

비단 아더 프라이뿐만이 아니었다. 에스보드는 피츠버그 국제 발명대전 첫날부터 일약 바이어들의 관심을 끌었다. 한가한 주변 부스와 달리 우리 부스는 많은 참관객들로 문전성시를 이루었다. 즉석에서 계약을 하자며 명함을 내미는 바이어도 있었지만 우리는 조금 더 기다려 보기로 했다. 그만큼 제품에 자신을 얻었기 때문이다.

7 / 장

출발, 강신기의 도전은 계속된다

계약 조건은 100만 달러요!

마침내 계약에 서명하고

나, 강신기의 도전은 계속된다

강신기의 작은 희망이야기

계약 조건은 100만 달러요!

—

먼저 100만 달러를 프리미엄으로 주시오. 그렇지 않으면 나는 계약할 수 없소!

5관왕의 여파는 대단했다. 수상 소식이 각 언론에 소개되면서 국내에서도 서서히 에스보드에 대한 관심이 늘어갔다. 회사 전화통은 불이 날 지경이었다. 제품 문의는 물론 방송 출연 요청도 잇따랐다. 더욱 우리를 기쁘게 했던 것은 인터넷에 동호회가 생겨났다는 점이다. 각 인터넷 포털 사이트마다 마니아 동호회가 생겨났고, 동호회 활동은 제품홍보에 큰 힘이 되었다.

5관왕을 차지하자 많은 바이어들이 계약을 하자고 달려들었다. 박람회가 끝나기도 전에 계약을 체결하자고 하는 바이어들도 부지기수였다. 수상을 통해 에스보드가 다시 주가를 올릴 수 있었고, 우리는 한결 여유로운 마음으로 협상에 임할 수 있었다.

바이어들 중에서도 가장 적극적으로 나온 사람은 미국 CPG사의 대표 마크 와이너(Mark Weiner) 사장이었다. 세계적 유통망을 갖고 있는 CPG사는 대중 상품을 전문으로 유통시키는 일종의 컨설팅 회사였다. 마크 와이너는 행사 기간 내내 당장 계약을 하자고 매달렸다. 우리는 그 요구를 힘겹게 뿌리치고 귀국했다. 에스보드를 세계에 알릴 기회가 기다리고 있었기 때문이었다.

피츠버그 발명대전과 맞먹는 행사가 유럽에 또 하나 있었는데, 그것은 뮌헨 박람회 (ISPO2004)였다. 레포츠 산업 분야가 가장 발달한 곳이 유럽인만큼 결코 무시할 수 없는 큰 행사였다.

뮌헨 박람회는 8월에 열렸다. 피츠버그 박람회가 수상자를 내는 것에 비해 뮌헨 박람회는 바이어와 개발자를 연결하는 순수한 박람회였다. 뮌헨 박람회 출품 소식이 알려지자 GPG사는 또다시 계약을 종용했다. 조건도 지난번보다 훨씬 좋아졌다.

그러나 에스보드의 가치가 증명된 이상, 섣불리 계약에 임할 수는 없는 상황이었다.

피츠버그 박람회가 끝난 석 달 뒤, 우리는 에스보드를 들고 유럽으로 날아갔다. 이곳에서도 에스보드는 여러 박람회에서 잔뼈가 굵은 바이어들의 눈길을 사로잡았다. 즉석에서 계약을 하자는 사람들도 부지기수였다. 샘플로 가지고 떠났던 30개의 에스보드가 순식간에 동날 정도였다. 바이어나 투자자들로부터 받은 명암만 해도 수백 장이었다. 박람회 기간 내내 에스보드는 폭발적인 관심을 끌며 인기를 독차지했다.

그사이 한국에서는 새로운 일이 벌어지고 있었다.

CPG사의 마크 와이너 회장이 손수 한국으로 건너와 우리가 돌아오기만을 손꼽아 기다리고 있었던 것이다. 나는 속으로 이제 계약을 해야 할 시기가 무르익었음을 직감했다. 회사 자금도 넉넉지 않은 상태였고, 무엇보다 아직 대중적으로 알려지지 않은 에스보드를 세계 시장에 톱 브랜드로 올려놓아 줄 수 있는 자금과 마케팅이 절실히 필요한 상황이었다.

나는 사람을 보내 협상 날짜를 잡았다. 서로가 아쉬워하는 계약이지만 그들에게 일방적으로 끌려 다니는 계약은 하고 싶지 않았다. 지금은 서로 좋은 사업 파트너가 되었지만 불과 몇 달 전인 당시만 해도 전쟁을 방불케 하는 신경전을 벌어야 했다.

마크 와이너 사장은 한국인 통역을 대동한 채 약속 시간에 정확히 맞춰 나타났다. 그때부터 손에 땀을 쥐는 협상이 시작되었다. 우리로서는 회사의 미래가 걸린 운명적인 협상이었고 막대한 자본을 투자해야 하는 그들로서도 신중할 수밖에 없는 협상이었다.

"우리 조건은 아주 간단합니다. 계약금으로 우선 100만 달러를 지급해 주십시오."

테이블에 앉자마자 나는 단도직입적으로 요구 조건을 말했다. 오래 시간을 끌고 싶지 않았기 때문이다. 눈치만 보다가 그들에게 끌려가고 싶지 않은 마음도 작용했다.

내 입에서 100만 달러라는 말이 나오는 순간 마크 와이너 사장의 안색이 하얗게 변했다. 그것은 통역을 맡았던 한국인 통역자도 마찬가지였다.

"다, 다시 말씀해 주십시오. 미스터 강."

와이너 사장이 통역을 통해 질문했다. 아마도 와이너 사장은 짧은 순간 자신의 귀를 의심했을 것이다. 그들이 그렇게 생각하는 것도 일리가 있었다. 그도 그럴 것이 한국의 이름 없는 번체기업이 에스보드 하나만을 달랑 믿고 겁 없이 100만 달러를 순수 계약금으로 요구했으니 말이다.

"당신들과 계약하겠습니다. 대신에 순수 계약금으로 100만 달러를 우선 지급해 주십시오."

와이너 사장이 짧게 탄식을 흘렸다. 그들은 100만 달러는커녕 10만 달러도 지급할 수 없다고 버텼다. 결국 첫날 협상은 아무 진전 없이 깨졌다. 두 번째 협상도 마찬가지였다.

나흘째 되던 날, 와이너 사장은 중국으로 예정된 출국 날짜를 연기하며 마지막이다시피 협상에 임했다.

"미스터 강, 아무리 생각해도 100만 달러는 무리입니다. 양보를 해 주십시오"

테이블에 앉자마자 와이너는 본론부터 꺼냈다. 나는 고개를 저었다.

"그럴 수 없습니다."

보다 못한 통역이 나섰다.

"100만 달러는 아무래도 무리 아닙니까? 더구나 계약금을 요구하는 것은 한국의 관행이지 외국 기업과의 계약에서는 통하지 않습니다. 자칫하면 계약이 깨질 수도 있으니 신중을 기해 주십시오."

통역의 말인즉 이런 계약을 할 때, 특별한 상황이 아니라면 프리미엄 요구는 적절하지 않다는 것이었다.

즉, CPG사 같은 외국 유통 기업들은 향후 지급될 로열티를 앞당겨 계약금 형식으로 분산 지급한다는 것이었다. 도저히 수용할 수 없는 조건이었다.

나도 모르게 목소리가 높아졌다.

"로열티가 무엇입니까? 우리 제품을 팔아 그 이익을 바탕으로 지급되는 게 로열티 아닙니까? 다시 말하면 우리와 계약을 하겠다는 CPG사는 돈 한 푼 들이지 않고 앉아서 편하게 사업을 하겠다는 애기가 아닙니까? 하지만 우리 입장은 다릅니다. 그 제품 하나를 개발하기 위해 엄청난 자금이 소요되었고, 또 많은 자금을 투자해 제품을 개발해야 합니다. 서로 일정 부분 어려움을 감수할 때 진정한 동반자이자 사업 파트너가 될 수 있는 것이지, 편하고 안전한 투자를 원하는 게 당신들 스타일이라면 나는 이 계약을 할 수 없습니다."

와이너 회장은 잠자코 앉아 있는데 이번에도 통역이 나섰다.

"로열티를 일정 부분 선지급하는 것도 CPG사로서는 힘든 결정입니다. 비록 박람회를 통해 상 몇 개를 탔다고는 해도 에스보드가 세계시장에서 그만큼 바람을 일으킬지는 아무도 알 수 없는 일이니까요. 계속 고집을 피우시면 좋은 기회를 놓치게 될 뿐입니다."

자신이 수많은 통역을 담당했지만 이런 계약 요구는 처음 본다는 것이었다. 그로서는 우리를 생각해서 그런 조언을 했던 것인데, 나는 화가 치밀고 말았다.

"이보시오. 아무리 와이너 사장을 모시며 통역을 하고 있지만 당신도 한국인 아닙니까? 그런데 어째서 자꾸 CPG사의 입장만 대변하십니까? 저쪽 입장만 대변하지 말고 통역이면 통역만 하십시오. 이런 계약이라면 저도 협상에 임할 수 없습니다."

나는 자리를 차고 벌떡 일어났다. 앞에 앉은 와이너 회장은 물론 통역과 함께 대동했던 송 이사의 얼굴이 하얗게 변했다. 나는 그들을 무시하고 밖으로 나와버렸다. 물론 그것은 일정 부분 의도된 행동이기도 했다. 저들이 다소 불쾌감을 느낀다 해도 어쩔 수 없는 일이었다. 우리로서는 회사의 사활이 걸린 일이었다. 또한 한국까지 날아온 이상 저들도 쉽게 포기하고 돌아가지 않을 것이라는 확신이 들었다.

잠시 후, 통역과 송 이사가 나를 찾아 밖으로 나왔다. 나는 못이기는 척 그들을 따라 들어가 다시 협상 테이블에 앉았다. 많은 협상에서 산전수전 다 겪었을 와이너 사장은 얼굴에 미소를 띠고 나를 맞았다. 나 또한 방금 전의 일을 간단히 사과했다.

협상은 다시 시작됐다.

"미스터 강, 100만 달러에서 조금도 양보할 수 없겠습니까? 내가 30년 동안 비즈니스를 했지만 이런 경우는 처음입니다."

와이너 사장이 물었다.

"그렇습니다."

나는 그의 눈을 쳐다보고 또박또박 말했다. 그는 손수건을 꺼내 이마의 땀을 훔쳤다.

"좋습니다, 잠시만 시간을 주십시오. 호텔로 돌아가 쉬며 생각해 보겠습니다. 예스든 노든 두 시간 뒤 답을 주겠습니다."

와이너 사장은 정신적으로 매우 지친 표정으로 회사를 나섰다.

어려운 결정을 앞둔 만큼 그도 긴장한 빛이 역력했다.

마침내 계약에 서명하고

—

"우리는 이 제품의 디자인에 무엇보다 큰 만족을 느낍니다. 어떤 경우도 디자인은 바꾸지 말아 주십시오."

그들이 돌아간 뒤 즉시 대책회의가 열렸다.

조금 양보해 절충안을 만들어보자는 의견이 나왔다. 나도 그럴 생각이었다. 하지만 절충안은 최후의 카드였다. 아직 그것을 꺼낼 때가 아니었다. 두 시간 뒤 호텔에서 전화가 걸려왔다. 시간을 두 시간 더 연장해 달라는 통보였다. 그들은 본사와 연락을 취하며 의견을 조율하는 듯했다.

마음이 조급해졌다. 너무 무리한 요구를 한 게 아닐까. 앞에 앉은 직원들의 표정도 어두웠다. 약속 시간은 순식간에 흘러갔다. 이윽고 통역과 마크 와이너 사장이 다시 모습들 나타냈다. 나는 순간적으로 그가 절충안을 가지고 왔음을 직감했다. 직감은 들어맞았다. 와이너 사장이 결연한 목소리로 입을 열었다.

"예정에 없던 프리미엄을 100만 달러씩이나 지급하는 일이 말처럼 쉽지 않습니다. 그쪽에서도 어느 정도 양보를 하는 게 어떻겠습니까?"

"생각해 보겠습니다. 어떤 조건입니까?"

"조건대로 100만 달러를 먼저 지급하되 프리미엄과 로열티 지급을 혼합하는 것입니다."

"비율을 말씀해 주십시오."

"30대 70. 즉, 프리미엄으로 30만 달러를 순수하게 지급하고, 나머지 70만 달러는 선 로열티로 지급하겠습니다. 어떻습니까?"

나는 고개를 흔들었다.

"40대 60?"

나는 아까보다 더 강하게 고개를 흔들었다.

"절대 그럴 수 없습니다."

한숨을 내쉬며 마크 와이너 회장은 낮게 중얼거렸다.

"50대 50?"

나는 그가 마지막 카드를 꺼내들었음을 눈빛을 통해 알아챘다. 자존심을 굽히는 일도 삼세번이었다. 20~30퍼센트 선 로열티 계약을 이끌어 내고자 그가 호텔에서 네 시간을 끙끙거리며 절충안을 만들어 왔을 리는 없었다. 여기서 고집을 부린다면 계약을 장담할 수 없는 상황에 처하게 될 게 뻔했다. 한쪽이 손해 보지 않고 양쪽 모두가 만족할 수 있는 절호의 기회가 온 셈이다. 앞에 앉은 송 이사도 고개를 끄덕이며 무언의 사인을 보내왔다. 그건 통역의 눈빛도 마찬가지였다.

내가 선뜻 대답을 하지 않자 마크 와이너 사장이 인심을 쓰듯 덧붙였다.

"이 요구를 수용하면 프리미엄으로 25만 달러의 추가 보너스를 지급하겠습니다."

생각지도 못했던 말이었다.

"좋습니다. 50대 50 조건을 수용하겠습니다. 우리는 CPG사를 좋은 사업 파트너로서 신뢰하며, 앞으로 서로 돕는 동반자가 될 것을 확신합니다."

그제서야 마크 와이너 회장의 얼굴이 밝아졌다.

우리는 조금 전까지의 팽팽했던 긴장을 깨고 굳게 서로의 손을 마주잡았다. 길고 긴박했던 협상이 비로소 막을 내리는 순간이었다.

"아, 그런데 한 가지 조건이 있소."

악수를 끝낸 와이너 사장이 돌연 조건을 달았다. 순간 모두들 긴장했다.

"말씀해 보십시오."

"우리는 이 제품의 디자인에 무엇보다 큰 만족을 느낍니다. 어떤 경우도 디자인은 바꾸지 말아 주십시오."

나는 다시 한 번 가슴이 뿌듯했다.

"그렇게 하겠습니다."

2004년 7월 20일, CPG사와 협력 파트너로 정식 계약을 체결했다.

그러나 계약을 체결했다고 해서 안심할 수는 없었다. 그동안 수없이 많은 투자자들과 투자 기관들이 계약을 체결하고도 파기하지 않았던가. 그들이 약속한 계약금 입금 날짜는 열흘 뒤였다. 따라서 나는 계약 이후 열흘 동안 어느 때보다 긴장된 시간을 보냈다. 혹시 돌발 상황이 생겨 모든 것이 물거품이 되는 것은 아닐까 불안한 마음에 제대로 잠을 이루지 못했다. 계약서에 사인을 했다고 해서 모든 것이 끝난 것은 아니기 때문이다.

7월 30일, 나는 일찌감치 은행으로 달려가 통장을 확인했다. 통장에

CPG사와의 계약식 장면

는 계약금 1차분이 정확히 입금되어 있었다. 세계 시장에 에스보드를 판매할 비즈니스 파트너가 정식으로 태동하는 순간이었다.

그날 저녁, 회사 직원들과 조촐한 파티를 열어 전열을 가다듬었다. 지인들의 격려 전화가 이어졌다. 동호회가 기하급수적으로 생겨났고, 직접 배우기 위해 방문하는 이들도 늘었다. 이벤트 사에서 협찬을 요청하는 문의도 전보다 더 쇄도했다.

이번 협약에서 CPG사는 제품을 생산해 북미 및 유럽 시장에서 판매하기로 했으며, 한국, 일본, 홍콩, 싱가포르 등 아시아 전역 판권은 데코리 측이 갖기로 했다. 또한 에스보드와 관련된 안전장구와 튜닝 제품, 가방이나 신발, 의류 생산까지 책임지며 제조에 대한 로열티, 판매에 대한 러닝 로열티를 우리에게 지급하게 되었다. CPG사는 직접 중국에 현지 생산공장을 완공, 가동에 들어갔으며, 미국과 유럽 무대를 상대로 모든 마케팅과 판매를 책임지게 되었다.

양 사는 또한 '에스보드 페스티벌', '전 세계 다이어트 광장 운영' 등 다양한 프로 모션을 공동 추진키로 했다. 예정대로 CPG사가 매년 30만 개 이상의 에스보드를 북미, 유럽 주요시장에 공급한다면 데코리는 1년 후 CPG사로부터 연간 200만 달러의 로열티를 받을 수 있을 것으로 예상하고 있다. CPG사는 향후 3, 4년간 300만 대 이상의 에스보드 판매를 목표로 마케팅을 하고 있다. 단기간에 로열티로 120억 원 이상을 벌어들일 수 있게 된 것이다.

CPG사의 마케팅은 자연스럽게 아시아나 국내 판매에도 영향을 끼칠 것이다. 아시아를 비롯한 국내 판매권을 우리가 가지고 있는 만큼 CPG사가 세계를 무대로 선전을 하면 할수록 그것은 고스란히 시너지 효과가 되어 에스보드 붐으로 이어질 전망이다. 돈 한 푼 들이지 않고 세계 시장에 홍보 효과를 낼 수 있게 된 것이다. CPG사와의 계약을 통해 우리가 얻고자 하는 목표는 바로 이점이었다.

어떤 사람들은 쉽게 미국과 유럽 판매권을 내준 것에 대해 아쉬운 마음을 나타낼지도 모른다. 하지만 무엇이든 욕심이 과하면 넘치는 법이다. 현재 국내 내수 시장은 상당히 위축돼 있는 상황이다. 국내 경기 또한 어느 때보다 좋지 않다.

먼저 해외에서 붐을 조성한다면 국내에서도 자연스럽게 반응을 보일 것이다. 세계 시장에 먼저 진출한 뒤, 한국 시장에서 좋은 반응을 보이고 붐이 일어난다면 마케팅 차원에서도 그만큼 효과적인 힘을 발휘할 수 있는 것이다. 그동안 외국 레저 용품에만 익숙해 있던 우리 젊은이들이 자신이 타고 있는 보드가 우리 기술로 개발한 보드라는 걸 알게 된다면 얼마나 가슴 뿌듯해 할까. 생각만 해도 설레는 일이다.

나, 강신기의 도전은 계속된다

—

성공이란 많은 돈을 버는 것보다 많은 사람에게 유익을 줄 때 생기는 것이라고 생각한다. 많은 사람이 내가 만든 제품을 즐길 때 매출이 오르고 자연스럽게 성공이 따라오는 게 아닐까.

많은 사람들이 돈이 없어 사업을 하지 못한다고 한탄한다. 하지만 그건 잘못된 생각이다. 요즘은 제도가 좋아져 아이디어만 뛰어나면 누구든지 비즈니스를 할 수 있다. 에스보드만 해도 박람회 출품 비용은 물론, 다자인 작업에서 생산에 이르기까지 많은 운영자금을 정부에서 지원받았다.

지금도 나는 10미터 이상만 움직이면 항상 보드를 타고 돌아다닌다. 자꾸 타다 보니 신발의 기능은 퇴화한 느낌이다. 점심을 먹으러 가든 세탁소엘 가든 에스보드가 내 신발이다.

홍보에 들이는 비용을 줄이기 위해 나는 연예인들을 적극 활용했다.

우선 유명 연예인들에게 에스보드를 보내주고 그 결과 자연스럽게 에스보드를 타면서 즐기는 모습이 그대로 비춰지면서 이젠 드라마나 뮤직비디오에까지 출연하게 되었다.

시장에는 많은 종류의 보드가 나와 있다. 예전에 롤러브레이드 열풍이 불었고, 인라인이나 바퀴 네 개 달린 보드도 나와서 선풍적인 인기를 끌었다.

그러나 에스보드는 그런 제품들과 다른 차별성을 분명히 지니고 있다. 즉, 좁은 공간에서도 얼마든지 탈 수 있으며 전신운동이 가능하다는 점이다. 여성들도 쉽게 탈 수 있고 나이 드신 분들도 충분히 탈 수 있다. 국민 모두가 에스보드를 탈 수 있는 것이다. 내 목표는 에스보드가 대중화되어 모든 사람의 사랑을 받는 것이다.

현재는 단일 모델이지만 곧 차별성을 두고 아이들이 탈 수 있는 제품. 어른용, 엑스게임용, 여성용 등의 모델이 제품화될 수 있을 것이다. 나중에는 스피드용 보드까지 생각하고 있다.

스노보드는 겨울 한철이지만 에스보드는 일단 붐이 일면 4계절 내내 탈 수 있다. 킥보드는 언덕을 오르기 어렵지만 에스보드는 쉽게 언덕을 올라갈 수 있다.

업버전이 계속 개발중이다. 엔진을 달아 스피드를 올리는 방안도 연구중이며, 접어서 휴대하기 좋게 만든 모델도 곧 출시될 것이다. 또한 에스보드에 국한하지 않고 전용 모자나 안정장구, 액세서리, 튜닝 장비를 개발해 매출을 극대화할 것이다.

아무리 좋은 제품도 시장에서 성공할 수 있는 확률은 아주 미약하다고 한다. 좋은 아이디어도 사장되는 게 많다. 할 수 있다는 자신감과 주변의 도움이 없었다면 오늘의 결과도 없었을 것이다. 성공이란 많은 돈을 버는 것보다 많은 사람에게 유익을 줄 때 생기는 것이라고 생각한다. 많은 사람이 내가 만든 제품을 즐길 때 매출이 오르고 자연스럽게 성공이 따라오는 게 아닐까.

에스보드의 출발은 기존의 개념을 뒤집는 발상에서부터 시작되었다. 네 바퀴 보드는 직선으로 가지만 에스보드는 바퀴가 360도로 회전하기 때문에 중심잡기가 쉽다. 기존의 스케이트보드와는 완전히 다른 개념인 것이다. 기존 보드는 한 발을 올리고 밀며 나간다. 그러나 에스보드는 몸 전체나 한 발을 흔들어도 앞으로 진행이 된다.

약간의 경사가 있어도 밀고 올라갈 수 있다. 또한 기존의 스케이트보드는 주로 다운힐 및 X-game 용도로 사용되어 일부 마니아층의 전유물처럼 인식되어 온 게 사실이다. 에스보드는 방향성 캐스터를 응용, 따로 발을 구르지 않고 몸만 흔들어도 추진할 수 있는 것이다. 따라서 남녀노소 누구나 공간에 구애받지 않고 여가생활에 이용할 수 있다.

방향성 캐스터는 주로 바퀴 의자 및 수레, 병원의 환자이송용 침대 등 이동목적으로만 사용되어 왔던 것으로 이를 스포츠 용품에 접목시킨 것은 에스보드가 최초이다.

에스보드의 동력원은 분리된 데크 사이에 장치한 토션바(회전 파이프)이다. 왼발과 오른발을 비틀어 움직이면 탄성이 발생, 추진력이 생기며 방향성 캐스터로 회전까지 가능하다. 몸을 동력원으로 사용하기 때문에 기존의 스케이트보드보다 운동효과도 뛰어나고 주행의 다양한 재미를 즐길 수 있다.

초기에 아이디어를 외면했던 사람들은 에스보드가 이룩한 성과를 가리켜 기적이라고 말한다. 그 말처럼 에스보드가 5관왕을 차지하기까지 걸어온 길은 고난의 가시밭길 그 자체였다.

그러나 에스보드가 있기까지 기적은 없었다. 무한한 노력과 할 수 있다는 모험심이 있었을 뿐이다.

흔히들 노력의 중요성을 강조한다. 에디슨은 천재는 99퍼센트의 노력과 1퍼센트의 영감으로 만들어진다는 말을 남겼다. 1퍼센트의 우연을 강조한다면 노력만이 천재를 만들 수 있다는 얘기가 된다.

또 옛 고사성어 중에는 우공이산(愚公移山)이란 말이 있다. 우공이라는 노인이 마을을 가로막은 두 산을 퍼서 바다에 버리는 일에 온힘을 쏟자 천제(天帝)가 이를 가상히 여겨 그 산들을 다른 곳으로 옮겨 우공의 뜻이 이루어졌다는 이야기를 담고 있다. 어떤 일이라도 끊임없이 노력하면 반드시 이루어진다는 교훈을 주는 말이다.

그러나 나는 그 말에 쉽게 동의할 수 없다. 나는 노력보다 더 중요한 것이 모험심이라고 생각한다. 에스보드가 탄생하기까지 엄청난 노력이 뒤따랐다.

하지만 노력에 앞서 더 큰 추진력이 된 것은 모험심이었다. 처음 제품에 대한 아이디어를 내놓았을 때 사람들은 고개를 갸웃거렸다. 그런 가운데에도 나는 확신을 가지고 줄기차게 매달렸다.

노력의 구조는 수직적이다. 노력은 늘 일정하게 규정된 틀 안에서 변화를 일으킨다. 노력은 낮은 곳에서 높은 곳으로 높이를 상승시킨다.

실력을 향상시키기도 하고 신분을 상승시키기도 한다. 그러나 모험심은 어떠한가? 모험심에 규정과 틀은 존재하지 않는다. 모험은 규정된 틀을 깨고 나오는 순간 일어나기 때문이다.

세상의 수많은 변화들이 바로 이렇게 모험심에 의해 발생했다. 자신이 안주하고 있는 세계를 박차고 항해에 나섰기에 신대륙을 발견할 수 있었고, 타인들이 관심 갖지 않은 곳으로 눈을 돌렸기에 전혀 예상하지 못한 발명품이 탄생하게 된 것이다.

또한 무엇보다 중요한 것이 마케팅과 치밀한 시장 전략이다. 요즘 글로벌이란 말을 많이 한다. 글로벌이 경쟁력이라고도 한다. 에스보드는 처음부터 내수를 생각지 않았다.

우리의 목표는 세계였다. 내수에 치중하는 회사는 망한다. 무엇을 개발하든 작은 상품을 팔든 시장을 세계로 인식하는 거시적 안목이 필요하다. 기술이 좋으면 어디든 통한다는 자신감을 가지고 사업을 밀고 나가야 한다.

좋은 아이디어는 반드시 열매를 맺는다. 앞으로 데코리는 독자적인 글로벌 브랜드 구축에 노력을 기울일 것이다. 데리코는 2004년을 해외 진출 원년으로 삼고 특화기술 개발에 심혈을 기울이고 있다. 에스보드가 경사를 올라가듯 우리나라 경제도 힘차게 경사를 올라갔으면 한다.

내 사랑, 나의 가족

사업 실패는 주위 사람들을 무척 힘들게 만든다. 힘든 시절, 나는 위암 때문에 고통스러워하는 아버지를 위해 제대로 약 한 번 사드리지 못했다. 때문에 가난의 설움이 몸서리쳐질 정도로 뼛속 깊이 남아 있다. 다시는 실패하지 않기 위해 밤낮 없이 고민하고 일에 매달리는 것도 이런 이유 때문이다.

힘든 나를 지탱시켜 준 건 가족이라는 이름의 든든한 울타리였다. 그 가운데서도 어머니와 아내의 힘이 컸다. 그동안 사업을 한답시고 단 한

번도 제대로 남편 노릇, 자식 노릇을 하지 못했다. 이제 막 자라나는 아이들에게도 아버지 역할을 하지 못했다. 가장 힘들 때 옆에서 지켜주고 힘이 되 준 가족들에게 고마움을 느낀다.

다섯 살짜리 딸은 요즘도 아빠가 보고 싶다고 자주 운다. 초등학생인 석범이는 오랜 이산가족 생활이 이력이 난 때문인지 누구보다 의젓하다. 또한 녀석은 든든한 내 후원자이다. 에스보드가 기술대전에서 국무총리상을 탔을 때는 전화로 축하한다는 말을 해주며 깜찍한 행동을 보이기도 했다. 아이들이 반듯하게 자랄 수 있었던 건 어려움을 꿋꿋하게 이겨낸 아내가 있었기에 가능했다. 빚 독촉을 받으면서도 참고 견뎌준 어머니와 형제들의 고통도 있었다. 어쨌든 지난날 가족에게 미안했던 마음을 말끔히 털어 내고 매일 마주할 수 있는 '한가족'으로 속히 재회할 수 있기를 손꼽아 본다.

복지재단, 나의 꿈이자 인생목표!

내가 꿈꾸는 최종 목적은 복지재단을 설립하는 일이다.

회사가 본 궤도에 오르기 시작하면 수익의 10퍼센트를 따로 떼어 사회에 기부하고 싶다. 다. 내 스스로 힘겨운 세월을 건너 왔기에 그 시절을 잊지 않기 위해서다. 또한 내가 재기할 수 있었던 것은 많은 사람들의 도움이 있었기에 가능한 일이었다. 그렇게 받은 사랑을 다른 이들에게 나누어 주고 싶다. 더불어 이모든 영광을 하나님께 바치고 싶다.

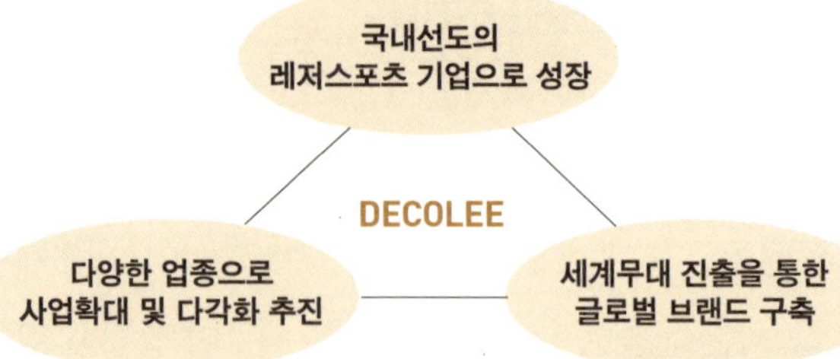

향후 사업 비전

강신기의 작은 희망 이야기

—

할 수 있어! 그래, 다시 시작하는 거야

IMF 한파가 터지면서 많은 사람들이 거리로 내몰렸다. 잘 나가던 기업이 하루아침에 도산했는가 하면 집이 경매에 넘어가 오갈 데 없이 된 사람들도 부지기수였다. 또한 신용불량자가 되어 종국에는 주민등록마저 말소되고 국적 없이 떠도는 유랑민도 생겨났다.

그들 중에는 힘차게 재기를 한 사람도 있고, 술에 의지해 폐인의 길을 걷고 있는 사람도 있다. 가족들과 영영 소식이 끊어진 사람도 있으며 더러는 죽음을 택하기도 했다. 화려한 물질문명 뒤에 감춰진 우리

시대의 슬픈 자화상인 것이다.

어느 정도 완화되었다고는 하지만 지금도 경제가 그닥 나아진 건 아니다. 일각에선 IMF시절보다 더 힘들다고도 한다. 자고 나면 엄청난 수의 신용불량자가 생겨나고 아이를 품은 어머니가, 일가족이 스스럼없이 목숨을 내던진다.

이렇듯 어려운 상황은 대부분 예고 없이 갑자기 찾아온다. 그리고 그런 상황은 누구에게나 찾아올 수 있다. 극한의 상황이 닥치면 정말 견디기 힘들다. 그들이 고통의 시간을 견딜 수 있는 가장 큰 힘은 주변의 작은 배려이다. 그들을 바라보는 따스한 연민의 마음만이 우리 사회를 구할 수 있는 것이다.

노숙자 생활을 하면서 뼈저리게 깨달은 것이 있다. 많은 사람들이 날씨가 추워지면 노숙자 걱정을 한다. 하지만 더 중요한 것이 있다. 당장 노숙자들에게 밥 한 끼 베풀어 주는 것보다 그들의 마음을 치유해 주는 것이다. 전국적으로 해마다 수만 명의 노숙자가 발생하고 그 중 수백 명이 병들거나 얼어 죽는다. 노숙자를 우리 사회가 따스하게 끌어안을 수 있는 체계적인 제도가 시급히 마련되었으면 좋겠다. 당장 돈 한푼 던져 주는 것이 전부가 아니라, 그들에 사회의 일원이 될 수 있도록 관심을 갖는 게 중요하다.

노숙자들 대부분은 회복되기 힘들 정도로 마음을 다친 사람들이다. 노숙에 대한 사회적 구제 시스템도 아쉽기는 마찬가지다. 식사를 주고 잠자리를 제공하는 쉼터는 많지만 더 중요한 건 그들이 재활할 수 있도록 도와주는 것이다. 100마리의 고기를 공짜로 주는 것보다 낚시 방법을 가르쳐 주어야 한다. 그것은 우리 사회가 품어야 할 의무이다. 그들의 마음을 치유할 수 있는 사회적 시스템이 마련될 때 그들은 스스로 일어나 그 생활을 청산할 수 있는 것이다.

노숙자에 대한 사회적 관심이 어떤 목적성을 띠고 진행해서는 안 된다. 밥 한 그릇 주고 특정 종교를 강조하는 생색내기 포교의 수단이 되어서도 안 되며, 도시미관 정화의 차원에서 진행되어서도 안 된다. 내 가족을 품듯이 사회 일원 모두가 조건 없는 사랑을 주어야 한다.

무엇보다 중요한 것은 노숙자들 스스로의 의지다. 본인의 의지만 있다면 노숙 생활은 언제든 청산할 수 있다. 그러나 의지를 잃으면 끝이다. 의지를 잃지 않기 위해서는 건강을 잃지 말아야 한다. 고통과 추위를 잊기 위해 마시는 술은 의지를 무너뜨리는 독이다. 과거의 영화 따위는 깨끗하게 잊어버려라. 그리고 현실을 직시하라. 노숙자에겐 오로지 의지와 희망만이 존재할 뿐이다. 자신이 처한 모든 어려움을 한 번에 해결하려는 자세도 버려야 한다. 하나하나, 가장 낮은 것부터, 가장 작은 것부터 해결해 나가야 한다.

노숙자들 중에는 병에 걸려 거동이 불편한 사람이 많다. 하지만 대부분 멀쩡하거나 건강한 사람들이다. 사지 멀쩡한 사람이 신세 한탄으로 세월을 보낸다면 그것은 죄악이다. 팔다리 건강하면 부지런히 움직여야 한다. 움직여야 길이 열린다. 나 역시 처음에는 아이디어 하나만 가지고 시작했다. 주머니에 돈 한푼 없었지만 이리 뛰고 저리 뛰니 하나

둘씩 일이 해결되었다. 노숙자도 마찬가지다. 절망에 빠진 사람도 마찬가지다. 밥을 찾아 술을 찾아 움직일 수 있는 힘, 스스로의 목숨을 버릴 수 있는 그 용기 하나면 된다. 그 마음이라면 얼마든지 재기에 대한 희망의 불씨를 다시 살릴 수 있다.

기도를 하거나 신앙을 갖는 일도 재기에 도움을 준다. 나 역시 어려운 상황이 닥칠 때마다 기도를 통해 어려움을 극복했다. 신앙은 삶의 행로를 잃었을 때, 기대야 할 버팀목을 잃었을 때 우리에게 넓은 어깨를 제공한다. 기도는 반드시 화답을 준다. 기도를 통해 우리는 노력하는 법을 배우며 참고 인내하는 법을 터득한다. 그것이 꼭 특정 종교일 필요는 없다. 가장 마음이 편한 곳을 찾아가면 된다.

마음 속에 가득한 절망을 훌훌 털어 내야 한다. 모든 것이 마음먹기에 달렸다는 말도 있다. 절망을 빨리 털어 내면 털어 낼수록 그 빈 공간을 희망이 메운다. 우리의 잠재의식은 우리가 마음먹은 대로 움직인다. '이젠, 끝장이야' 라고 마음먹으면 그 사람의 인생은 정말로 끝장을 향해 걸어간다. '극복할 수 있다' 고 마음먹으면 곧 극복의 순간이 찾아온다.

어떤 상황에서도 부정적인 생각을 하지 말아야 한다. 부정적인 생각이 길어지면 극단적인 선택의 유혹을 받는다. 반대로 몸은 비록 힘들지언정 머릿속을 긍정적인 생각으로 채워 보자. 희망의 출구가 보이기 시작할 것이다. 그 희망을 향해 달려가면 된다.

또한 용서하는 마음을 가져야 한다. 어려움에 처한 사람들일수록 자신을 그 지경에 만든 이들을 탓하기 마련이다. 그들에 대한 분노로 머릿속이 이글거린다. 분노는 자신의 앞길을 막을 뿐이다. 어려운 상황일수록 서로를 용서하고 포용해야 한다.

IMF 한파로 부도에 처했을 때, 나 역시 많은 사람들을 원망했다. 부도의 원인이 지역 가맹점에 있었기 때문이다. 그들은 돈을 갚기는커녕 연락을 끊거나 잠적하기 일쑤였다. 나는 모든 것을 그들 탓으로 돌리며 찾아 나섰다. 하지만 그런 분노는 내게 아무것도 가져다 주지 않았다. 분노는 상대적인 것이다. 내가 누군가로 인해 어려움에 처했다면 연쇄작용에 의해, 나로 인해 어려움에 처하는 곳이 생기기 마련이다.

노숙 생활을 하고 재기에 매달리며 나는 용서하는 법을 배웠다. 나를 힘들게 했던 사람들을 용서하고, 나로 인해 힘들었을 사람들에게 기도를 통해 용서를 빌었다. 그렇게 하고 나자 머리가 맑아지며 복잡했던 일들이 순조롭게 풀려나갔다.

삶의 무게가 벗어나기 힘든 만큼 당신을 짓누르고 있는가?

지금 당장 큰 소리로 외쳐 보라!

"할 수 있어. 그래, 다시 시작하는 거야!"

에스보드 100% 활용하기

부
록

● 에스보드란 무엇인가?

산업의 디지털화, 주5일 근무제 등과 같은 사회적 기반의 변화는 현대인들의 삶의 질을 급속하게 바꾸어 놓고 있다. 이에 따라, 레저와 스포츠를 결합하여 '재미'와 '건강'을 동시에 증진시킨다는 개념의 '레포츠 산업'은 21세기 들어 가장 주목받는 사업의 하나로 부각하고 있다.

재미와 건강을 동시에 충족시키는 레포츠 용품을 소비자들에게 제공하는 데 있어서 가장 중요한 요소는 바로 기존의 패러다임을 뒤엎는 새로운 기술의 개발일 것이다. 바퀴 달린 신발인 힐리스나 인라인 스케이트 등 20세기 말과 21세기 초를 한때 풍미했던 대표적인 레포츠 용품들의 사례에서 알 수 있듯이, 새로운 레포츠의 유행에는 새로운 레포츠 기술의 출현이 필수적이다

'에스보드'는 기존의 보드와는 완전히 다른 차원의 신개념 레포츠 용품으로 두 바퀴와 두 개의 데크로 이루어져 좁은 공간에서도 남녀노소 구분 없이 재미를 느낄 수 있도록 설계되었다.

|제품구성도|

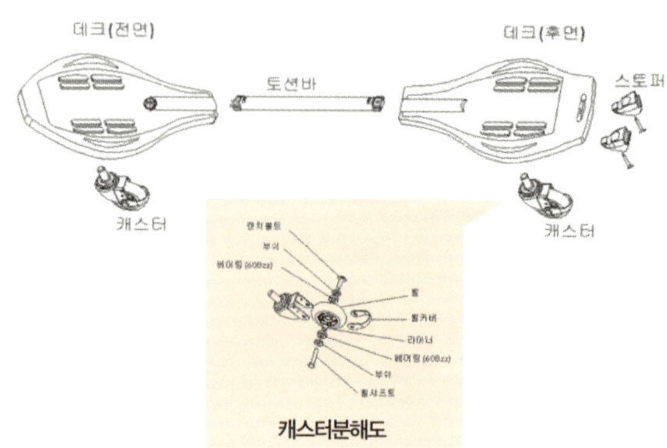

'방향성 캐스터를 구비한 스케이트보드'로 불리는 에스보드는 기존의 스케이트보드와 형태는 유사하나 그 운행구조가 완전히 다른 신기술, 신개념의 레포츠 기구이다. 에스보드는 운전자가 타고 있는 상태에서 아래쪽을 왼쪽-오른쪽으로 번갈아 판을 구를 때 발생하는 추진력을 이용해 앞으로 나아간다. 그림에서 보듯 두 개의 분리된 플레이트를 토션바로 연결해 놓음으로써 2개의 플레이트가 토션바를 중심으로 좌우로 번갈아 움직이게 해 놓았다. 따라서 앞발과 뒷발을 교대로 움직일 수 있으며 토션바는 제품의 가장 핵심적인 기술 부분을 이룬다.

바퀴 부분의 캐스터는 기울어져 있어 운전자가 좌우로 움직이면 앞으로 전진하게 되어 있으며, 몸체 부분 2개의 플레이트는 ABS합성수지를 사용, 안전성과 강한 내구력을 갖게 구성되었다. 에스보드는 그림과 같이 하체(허리와 다리 전체)를 흔드는 방식으로 보드를 'S'자 모양으로 움직이며 진행하게 된다. 즉, 운전자가 몸을 비틀 때 발생하는 수평방향의 힘이 에스보드를 평지에서도 앞으로 나아가게 하는 원동력이 되는 것이다.

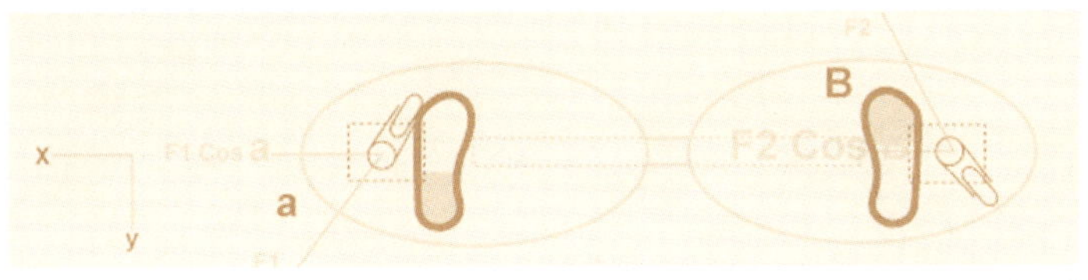

발의 모양과 캐스터의 위치

● 에스보드와 유사 레저 기구의 차이점

에스보드는 평지에서 별다른 동력 없이 양발을 이용해 자유자재로 회전과 직진이 가능하다. 또한 기존의 스케이트보드는 평지나 다운힐을 목적으로 만들어졌지만, 에스보드는 경사면을 오르는 것도 가능하다. 조금만 연습하면 20도 정도의 경사쯤은 쉽게 오를 수 있다. 물론 다운힐할 때의 속도와 스릴은 스노보드와 비교해도 손색이 없다.

종류 비교 사항	INLINE SKATE	HEELYS	SKATE BOARD	SNAKE BOARD	FLOWLAB	ESS BOARD
가격대(원)	10~50만	20만	18만	20만	35만	23만
수요자 연령	20~30대	10~20대	10~20대	20대	20대	가족레져로 TARGET
사용 장소	평지(광장)	어디서든	장애물	평지, 장애물	경사로	평지
사용 용도	스피드, TRICK	이동, 간단한기술	TRICK	스피드,기술	스피드,기술	재미, 다이어트
제동장치	○	○	×	×	×(바퀴제동)	○
구매요인	타기쉽다 동호회 활성화	장소,시간 제약없음 휴대성극대화	새로운 기능 습득 정통성	기존보드와 차별화 기술과 주행가능	스노우보드와 유사 경사로에서의 스릴	차별성, 운동효과 좁은공간에서 사용
단점	착탈시불편	안전사고위험	배우기힘들다	휴대불편	장소한정 경사로오르기	스피드적음
특기사항	미국 (특허 없음)	미국 (특허없음)	특허없음	영국산 (특허)	미국산 (특허)	구내특허및 PCT출원

에스보드와 유사 레저기구의 차이점

● 하나 둘, 에스보드 유산소 다이어트

에스보드의 가장 큰 장점은 놀라운 운동효과에 있다.

또한 기존의 레저 기구가 특정 부위의 운동에 적합한 데 반해 에스보드는 온몸 온동이 가능하다. 또한 다이어트와 몸매 관리에 필수적인 유산소 운동을 하는 동시에, 다양한 스타일을 연출하는 재미도 느낄 수 있는 다기능 레포츠 상품이다. 몸매 관리에 관심이 높은 여성은 물론, 앉아 있는 시간이 많아 뱃살 관리에 어려움이 많은 직장인들이 장소나 시간에 구애받지 않고 효과적으로 운동할 수 있는 제품이다.

❶ 좁은 공간에서 즐길 수 있는 안전한 레저 기구

에스보드는 기존의 보드나 인라인처럼 가속을 위한 충분한 공간이 필요하지 않기 때문에 좁은 공간에서 충분히 즐길 수 있다. 사무실에서 화장실 갈 때, 점심시간에 근처 식당으로 이동할 때, 퇴근 후 지하철역으로 갈 때, 일상생활 곳곳에서 몸을 움직일 때마다 신발처럼 사용할 수 있다.

❷ 유산소 운동의 개념을 도입한 세계 유일의 보드

스보드는 보드와 보드를 연결하는 캐스터를 통해, 양쪽 다리와 허리의 흔들림을 이용한 S자 형의 신체 운동이 일어난다. 단순히 속도를 즐기는 레저 기구가 아닌, 운동과 재미를 함께 결합한 대표적인 유산소 운동 기구이다.

③ 체형관리와 다이어트에 효과적인 즐기는 운동기구

많은 사람들이 운동을 희망하지만 실천하지 못하는 이유는 운동 자체가 힘들기 때문이다. 에스보드는 일명 '흔들어서 나아가는 구름판'을 통해 운동의 기초인 균형감각과 유연성을 자연스럽게 발달시키며 덤으로 운동효과를 얻을 수 있다.

④ 온가족이 함께 할 수 있는 가족형 운동기구

에스보드는 인라인 스케이트나 스노우보드 등과 달리 신체 사이즈나 나이에 무관하게 하나의 보드로서 온가족 모두 함께 즐길 수 있다.

⑤ 배우기 쉬운 보드

남녀노소 누구나 10분 정도의 강습 및 에스보드 사이트의 인터넷 강습을 통해 손쉽게 배울 수 있으며 좁은 공간에서 안전하게 연습할 수 있는 장점을 갖고 있다.

● 에스보드, 고급으로 즐기기

다양하게 즐길 수 있는 에스보드 고급 테크닉

슬라럼 | 종이컵을 1m 간격으로 10~20개 세우고 그 사이를 S자로 통과하는 기술. 집중력이 요구되는 기술로 중급 이상이면 시연할 수 있다

다운힐 | 경사면을 S자 형태로 타고 내려오는 기술. 빠른 스피드를 만끽할 수 있다

앞바퀴 들고 타기 | 앞발을 들고 뒷발만으로 2 m 이상 진행하기

장애물 넘기 | 장애물을 앞발과 뒷발을 들어 통과하는 기술. 봉이나 보드를 뉘어놓고 앞보드 들고 통과한 후 뒷보드 들어 통과하기

'8' 자형 회전 | '8' 자 형태로 교차하기. 좁은 공간에서 즐길 수 있다

180도 회전 | 정지 상태에서 한 방향으로 회전하기

360도 회전 | 서행으로 급회전해 진행하던 방향으로 다시 진행하는 회전기술

2·3·4 콘 회전 | 콘(원뿔)을 장애물로 설치, 그 사이를 서로 교차하며 회전하는 기술

쪼그려 타기 | 쪼그리고 앉아 타는 것으로 균형감각을 익힐 수 있다

보드 들고 타기 | 중간 연결 막대에 어깨끈을 걸고 진행하다 끈을 들어올리며 점프하는 기술

슬래쉬 | 진행하며 앞보드를 들어 좌우로 옮겨놓으며 진행하기

걷기 | 양발을 보드 끝부분에 놓은 채로 번갈아 들며 걷는 형태

앞발 들기 | 진행하다 앞발을 들고 한발로 진행하기(일명 스카이 코브라)

방향 바꾸기 | 진행중 점프해 발 위치를 바꾸어 타는 형태

지구를 흔든 남자

초판 1쇄 발행일 | 2004년 11월 24일
초판 2쇄 발행일 | 2004년 11월 30일

지은이 | 강신기 · 펴낸이 | 이숙경
기획위원 | 이흔복 · 기획 | 함명춘, 진희정
편집 | 최정원, 정의범, 박희영 · 디자인 | 정한샘, 홍은정
마케팅 | 강진호, 김선규 · 관리 | 이문주, 이은자

펴낸곳   이가서
주소   서울시 마포구 서교동 330-1 2F
전화 · 팩스   02-336-3503 · 02-336-3009
이메일   leegaseo@naver.com
등록번호   제10-2539호

ISBN   89-5864-040-5 03800

가격은 뒤표지에 있습니다.
잘못된 책은 바꾸어 드립니다.